集英社オレンジ文庫

小説

不能犯　墜ちる女

ひずき優

原作・小説原案／宮月　新

漫画／神崎裕也

本書は書き下ろしです。

◆目次

不能犯

Impossibility defense

墜ちる女

ひずき優

原案／宮月　新

原作／宮月　新
神崎裕也

序章

この世は情報に溢《あふ》れている。

インターネットにアクセスすれば、自宅にいながらにして世界中のあらゆる情報を得ることができる。

テレビや新聞では報道されない事実や、名もない市民の個人情報、犯罪の手段に至るまで、本来は知ることのできないはずの情報がたやすく手に入り、多くの人の好奇心を満たす。

だが――

すべてを知ることが、本当に幸せなのか？

「ねぇ知ってる？　電話ボックスの殺し屋っていう都市伝説……。電話ボックスの電話機の底に待ち合わせ場所と連絡先を貼っておくと、現れるんだって……殺し屋が。その殺し屋の殺害方法は絶対に証拠が残らない……でも、気をつけないと、その男の赤い目は……すべてを見抜いていて……」

まるで血の色のような赤い瞳は、人間の欺瞞《ぎまん》をすべて暴いてしまうという。それは自己本位な殺意に対してもっとも力を発揮し、ねじれた真実は、依頼を果たした後に当人へと伝えられる。
依頼者は真実を知ったことを喜ぶだろうか。
すべてを知ることは幸せなのか?
……知らないほうが幸せなことも……あるいは……。

第一章　幸せをつかむ

八時という約束の時間ぴったりに、夏美《なつみ》はノックして目の前のドアを開けた。

「失礼しまーす、ハレンチクリニックのゆあでーす♡」

白い下着にコスプレ用のナース帽をつけただけの姿で、明るい営業スマイルを浮かべると、客の男はやに下がった笑みを浮かべてうなずく。

「かわいいなぁ。うれしいなぁ」

場所は都内の繁華街《はんかがい》にあるレンタルルーム。室内には白いパイプベッドと、それを囲うレールカーテンが、まるでドラマのセットのように配置されていた。ご丁寧《ていねい》に点滴スタンドまである。

ピンク色の壁や天井に違和感はあるが、がんばれば病院の一室に見えなくもない。

実際のところ、そこまでのリアリティは必要なかった。

「ナース服、着たほうがいいですか？」

夏美の問いに、男は焦れたように促してくる。

「いいよ、早くシャワー浴びよう」

代わり映えのしない会話を交わし、シャワーをすませてしまえば、やることはひとつだ。

めいっぱい感じているふりをしながら、できるだけ早く終わるよう自ら懸命に腰を動かす。

風営法の締めつけが厳しい昨今、店からは本番禁止と言われているが、時間をかけて手淫や口淫をするよりも、このほうがはるかに手っ取り早い。

この仕事に就《つ》いていて、と言われるかもしれないが、セックスは好きではなかった。カレシとした時でさえ、あまり気持ちいいと思えたことがない。

自分にとってこの行為は、相手がしたいからするものであって、それ以上でも以下でもない。

(でも……)

夏美は、自分の上で腰を振る全裸の男を見上げる。

男は快楽に溺《おぼ》れる締まりない顔で、ひたむきに夏美を見つめていた。

「ゆあちゃん、かわいいよ、ゆあちゃん……っ」

他の言葉を忘れてしまったかのように、ただただそうくり返す。

夏美にとっては何らおもしろみのない時間だ。が、嫌かと訊かれれば、そんなことはない。

たとえ相手の求めるものが快感だけであっても。他の女とするときと変わらない反応なのだとしても。こうして嬌声《きょうせい》を上げる自分に、男が夢中になっていると感じる瞬間は嫌いじゃない。

親と折り合いが悪かったせいか、夏美の心には隙間《すきま》がある。誰かに求められる感覚は、ほんの一時《いっとき》その隙間を満たすのだ。自分の存在価値が認められる気がする。

それが、ずるずるとこの仕事を続けている理由でもあった。

終了まで少し時間を残して事を終わらせると、並んで横たわった男は、名残《なごり》惜しそうに夏美にひっついてくる。

「ゆあちゃんはどこの出身？　二一歳って本当？」

「う～ん、年はナイショ。出身は地方だよ。高校の時、親とケンカして学校中退して東京に出てきたの」

この界隈《かいわい》ではめずらしくもない過去を話しているうち、時間を知らせるアラームが鳴った。

「あ、終わっちゃった。あっという間だったね。さみし～」

上目づかいで言うと、相手はまんざらでもない様子で笑顔を浮かべる。

「また来るよ。ゆあちゃんに会いに」

「えーうれしい！　ありがとう～」

年を感じさせない幼い仕草ではしゃぎ、ひとしきり客をいい気分にさせてから、夏美はその場を後にした。

名前は加島《かしま》夏美。年齢は二三歳。それが本当の夏美である。

スタイルは普通だが、胸は大きいほうだ。加えて、地味なわりに化粧映《けしょうば》えする顔だった。美人に見えて胸が大きい。そんな単純な理由で、店では常に上位の人気をキープしている。

とはいえ——

(ずっとこんなところで過ごす気はないけど)

今の仕事は、東京に出てきて右も左もわからなかった頃、スカウトに声をかけられて始めたものである。

短時間でまとまった額を稼《かせ》げる点は便利だったが、若さが何よりも物を言う世界ゆえ未来はない。

(いつか出てくわ。なるべく近いうちに……)

胸の内で独りごち、夏美は帰路についた。

一緒に遊ぶような友達もいない。食事はいつも一人である。

それでも途中で近くのスーパーに寄り、夕飯の献立《こんだて》を考えて買い物をした。

家は繁華街近くのワンルームマンション。自然、周囲には外国人や風俗関係の人間が多く、食材のつまったビニール袋を手に歩く若い女の姿は少々目立つ。

飲食店やコンビニの多い場所柄、外食やお弁当ですませてしまうほうが圧倒的に楽であるものの、思い描く未来のため、夏美は自炊《じすい》にこだわっていた。

「あっ、メール来てる！」

自宅へ戻った夏美は、ソファに荷物を置いてから何気なく取り出したスマホを見て、ぱっと顔を輝かせた。

相手は風間雅之《かざままさゆき》。レストランチェーンの本社で働くサラリーマンである。

三ヶ月前、OLと偽って参加した婚活パーティーで出会い、連絡先を交換した唯一の相手だ。

本人は謙遜《けんそん》するが、大きな会社の本社で働いているのだからエリートなのだろう。おまけに優しくて、恋愛に関しては純真で、仕事についてはマジメ。さらには良い家柄の三男で、自由な立場のわりに経済的に不自由することもないという――結婚相手としては理想的だった。

雅之のほうも、茶髪を真っ黒に染め、普段とは正反対のナチュラルメイクを心がけて清楚《せいそ》系のワンピースに身を包んだ夏美に好意を持ったようだ。

メールの頻度《ひんど》とデートの回数は少しずつ増えていき、夏美の心を浮き立たせている。

『明日の予定、大丈夫？』

彼からのメールに、夏美は弾む気持ちで返信した。

『もちろん！　おいしいものをご馳走《ちそう》してくれるのよね？　楽しみにしてる♪』

この約束は先週彼から提案されたもので、行き先は秘密ということだった。

（もしかして……）

知り合ってから三ヶ月。夏美は雅之の眼鏡《めがね》に適《かな》うよう、ありとあらゆる努力をしてきた。

もしかしたらその努力が報われるのではないか……。

そんな期待に胸をふくらませ、夏美は翌日、この日のために用意した勝負服を身につけて待ち合わせ場所に赴《おもむ》く。

白いレースワンピースの威力は予想通りで、夏美を目にした雅之は、純朴《じゅんぼく》な少年のように頬《ほお》を染めた。

そしてその日、いかにも高そうなレストランで食事を楽しんだ後、彼は車で夏美を埠頭《ふとう》に連れて行き、夕日に染まる海を前にしておもむろに指輪を取り出してきたのである。

「結婚……して下さい、夏美さん……！」

緊張に声を詰まらせながらのプロポーズに、夏には内心「来たぁぁぁ!!」とガッツポーズを決めた。しかし表向きはしとやかに瞳をうるませる。

「ほんと？　うれしい……っ」

ふふ……と、感動を嚙《か》みしめる素振《そぶ》りでほほ笑めば、彼は照れた様子で笑って返す。

それからはトントン拍子だった。

結婚式は半年後と決め、夏美は雅之の部屋で同棲《どうせい》を始めた。

雅之の両親に挨拶《あいさつ》に行った際、式を挙げるまでは入籍も同棲も控えるよう釘を刺されたが、愛し合う若い二人の想いを止められるものではなかった。

ひとつだけ問題だったのは、雅之が夏美の両親にも挨拶をしなければと言ったことで、それについては親との関係が良くないことをほのめかしてお茶を濁《にご》した。

いつまでも逃げられるものではないだろうが、少しでも後まわしにしたかったのだ。

それ以外はうまくいった。気の早い雅之は、すでに仕事仲間や友人にも夏美を「妻だ」と紹介している。おかげで周囲には、すでに入籍したものと勘違いされている節もある。

夏美がそう指摘すると、雅之は「別にいいじゃないか」と笑った。

「どうせすぐ本当のことになるんだから」

それからは、夏美も彼のことを「主人」と呼ぶようになった。

夏美はこれまで抱いてきた心の隙間が、急速に埋められていくのを感じていた。

一人暮らしの長い雅之はとてもしっかりしており、おそらく夏美がいなくても生活には何の不自由もないだろう。そう考えると一抹《いちまつ》のさみしさを覚えることもあったが、そんな感傷も夜には消えた。

昼間の優しい彼とは打って変わって情熱的に抱いてくる雅之に、夏美も仕事で培《つちか》った経験で応え、彼を何度も絶頂に導く。彼を満足させられることがうれしく、誇らしい。

(彼はわたしを選んだのよ！)

まだ婚約期間中であるというのに、夏美は世界中に向け、そう叫びたくてしかたがなかった。

(わたし、結婚するの……！)

家出少女の自分がエリートのサラリーマンと結ばれ家庭を築くのだ。興奮するなというほうが無理だろう。

(子供は二人ほしいな……。休日は家族で買い物に出かけて、年に一度は旅行に行きたい……)

想像するごとに結婚の二文字が現実味を帯びていく。

あらゆることが順調で、夏美は幸せの絶頂だった。

あの日、彼が一人の客を連れてくるまでは――

※

「ただいまー」

夕方、会社から帰宅した雅之の声に、夏美は料理の手を止めてふり向いた。

「あ！　おかえりなさ……」

そこで声を詰まらせたのは、雅之の後ろに見知らぬ若い男がいたからである。

髪は短髪。スーツ姿の雅之とちがい、ゆるいデニムパンツの上にラフなTシャツを身につけた青年は、ひょうきんな調子で「どぉもー！」と挨拶をした。

（お客さん？　連れてくるなんて言ってたっけ……？　どうしよう。夕飯足りるかな……）

頭の中で忙しく考える夏美に、雅之は悪びれる様子もなく青年を紹介する。

「コイツは僕の大学の後輩の矢崎《やざき》」

「どーもス！」

「ウチの会社のチェーン店舗《てんぽ》の寿司屋で板前やってるんだ」

った。

困惑混じりに返す夏美をじろじろと無遠慮《ぶえんりょ》に眺めまわし、矢崎は好色そうな顔つきで笑った。

「矢崎っス！　うわー奥さん、マジキレイっすね♡」

どうやら彼も、夏美と雅之が既に結婚したと勘違いしているようだ。

どこかねばついたその視線に、こわばった笑みを返す。

「あの……主人がいつもお世話に……」

雅之の友人に挨拶するときは大抵、紹介してもらえたことへのうれしさを感じるものだが、矢崎に限っては例外だった。

（何だか嫌な感じの人だなぁ……）

適当に座るよう勧めながら、心の中で独りごちる。

しかし意外にも雅之と矢崎は馬が合うらしく、二人はそのまま酒宴になだれ込み、大学時代の話で盛り上がった。ラグに腰を下ろし、ローテーブルの上に並んだ料理を遠慮なく平らげながら、ビール缶を片手に楽しそうに思い出話に花を咲かせる。

「いやぁマジで風間先輩、大学時代はノリ悪くて！　合コン誘っても全然来ねーんスよ、コレが！」

「飲み過ぎだって矢崎《オマエ》！」

酔いがまわってくると、二人の声はどんどん大きくなっていく。

傍《かたわ》らで控えめに相槌《あいづち》を打ちながら、夏美は早くこの時間が終わればいいのにと思わずにいられなかった。

「それがこーんなキレイな奥さん持って……あ、酒なくなっちった」

ふいに矢崎が、しゃっくりをしつつビール缶を振る。

夏美はこれ幸いと腰を浮かせた。

「あ、私買ってくるから……」

しかしそれよりも早く、雅之が立ち上がる。

「いいよ、夏美。遅いし僕が買ってくる」

「でも……」

「先輩サーセン！」

とまどう夏美の目の前で、雅之はジャケットを手に玄関に向かった。

バタン、とドアの閉まる音に、矢崎と二人きりで残された気まずさを噛みしめる。

近所のコンビニでビールを買って戻ってくるまで五分。たった五分でも、この男と向かい合って過ごすのは――無理。

「じゃ……じゃあ今のウチに私おつまみでも作って……」

汚れた食器を片づけるふりで席を立とうとした夏美は、矢崎がじぃっと見つめてくることに気づいた。

「さっき思ったんですけど……、ん～奥さんどこかで……」

酔っているのだろうか。ぶつぶつ言いながら身を乗り出して凝視してくる男を両手で押しとどめる。

「え、あ……あの、……何か……？」

「あ――っ！　思い出した‼」

突然、彼は隣近所にまで響き渡るような大声を張り上げた。

思わず身をすくめた夏美に、さらなる衝撃が襲いかかる。

「『ハレンチクリニック』の『ゆあちゃん』だ‼」

「――――――……」

一瞬にして目の前が真っ暗になった。

……殴《なぐ》られたような感覚に、頭がぐらぐらする。

青ざめる夏美にかまわず、酔っ払いはニコニコと笑顔で自分を指さした。

「ホラ！　オレ何度か指名したじゃん！　覚えてない!?」

（う……嘘でしょ!?）

よりにもよってこんなところで風俗時代の客に出会うなんて。

言葉もなく凍りついていると、ようやく矢崎は、反応できずにいるこちらの様子に気づいたようだ。

「アレェ？　もしかして風間先輩は風俗のこと知らないんスかぁ？」

わざとらしい猫なで声で言い、顔を近づけてくる。

「そりゃそーか？　もし知ってたら、あの風間先輩が結婚するわけねーもん？　なぁ？」

「お……お願いします！　この事は雅之さんには……!!」

動揺《どうよう》に震えながら、やっとのことでそう返した矢先——玄関で「ただいまー」という雅之の声がした。

夏美はギクリと肩を揺らしてふり返る。

雅之は、その場の空気に少しだけ怪訝《けげん》そうにした。が、かまわずにキッチンの冷蔵庫に向かう。

「ビール冷やしとくよー」

「え……ええ！」

うわずった声で応じる夏美の耳に、矢崎は声をひそめて「奥さん……」と耳打ちしてきた。

「オレ明日休みなんで……ウチ来てほしいな～。なんて……♡」

舌舐《したな》めずりにも似た言葉を拒《こば》むことはできなかった。

（ど……どうしよう……!?）

雅之に自分の過去を知られるわけにはいかない。

彼はこれ以上は望めないほど理想的な結婚相手である。そもそもまともな結婚ができるかどうかもわからない人生だ。生まれ変わるチャンスは今しかないのだ。

こんなことで台無しにされてたまるものか。

（私は変わるんだ。だから一生隠し通さなきゃ……）

魂を振りしぼる思いで、夏美は固く胸に誓った。

（雅之さんと出会う前……風俗嬢だった過去なんて……!!）

※

翌日――

夏美は矢崎に言われるまま、彼のアパートを訪ねた。

薄い玄関ドアを開けると、せまい１ＤＫの部屋には万年床《まんねんどこ》とおぼしき布団が敷かれている。

その上に胡座《あぐら》をかき、矢崎はすでに下着だけの姿で待ち構えていた。

「どうも～。いらっしゃい、奥さん」

「ちょ……！　何ですかソレ……!?」

ぎょっとしたのは、下着姿に対してだけではない。

彼が手にして、まさに今こちらに向けている物に対してである。

矢崎はすっとぼけた顔で答えた。

「ナニって？　ビデオカメラっスよ。見たことないんですか？」

「な……何するつもり？」

「ここには風間先輩もいないし、今さらそんな純情ぶんなくていいっスよ奥さん♡　こうやって録《と》っとけば色々役に立つっしょ？」

困惑する夏美を撮影しながら、彼はカメラ片手にニィッと笑う。

「色々と……ね♡」

（た……助けて……!!）

夏美は血の気を失い、小さく首を横に振る。

この上さらに動画など撮られたら、雅之に言えない秘密がまた増えてしまう……！

こわばる顔にカメラを向けながら、矢崎はにじり寄ってきた。

「――さぁ、奥さん。仕事の時みたいに準備して」

他人のものを奪うことに愉悦《ゆえつ》を覚えるたちなのか、「ほら奥さん」と、ねばっこい口調でくり返す。

「………」

抵抗できない夏美は言いなりになるしかない。命じられるままに服を脱いで横になると、矢崎は片手でカメラを構えたままのしかかってきた。

くちびるを嚙《か》みしめて相手に身をまかせるうち、両目から涙があふれ出す。

屈辱《くつじょく》に震える女を嬲《なぶ》る状況に、矢崎はますます興奮したようだ。

「ホラ！　もっと楽しそうにしなよ奥さん！　美人に撮ってやるからよぉ！　風俗嬢だった昔はもっとノリノリだっただろ!?　あぁ!?」

泣き顔にカメラを向けながら、矢崎は愉快でたまらないとばかり、「ぎゃははは！」と満面の笑みを浮かべる。

投げやりに身体《からだ》を横たえた夏美を、彼はあらゆる方法で陵辱《りょうじょく》した。自分の上で――あるいは下で、後ろで、猿のように腰を振り続ける男に我慢すること数時間。

さんざん玩具《おもちゃ》にした後、矢崎はひとまず満足した様子で、心身共に疲れきった夏美をアパートの外に放り出した。

「次は月曜日だ。忘れんなよ」

「……次？」

「次のオレの休みは月曜日だっつってんだよ。まさか一度で終わるなんて思ってねーよな!?」

カメラを構えた矢崎は勝ち誇った顔でニタァッと笑う。

夏美はうなずくしかなかった。

（このことは絶対、雅之に知られるわけにはいかない……）

頭の中にあるのはそればかり。

ぼう然とした状態でアパートを後にし、どこへともなく歩き出す。まっすぐ家に帰る気にはなれなかった。何も考えず、ただ脚を交互に動かし続ける。

どこをどう歩いたのか、まるでわからない。

気がついたとき、夏美は古びた電話ボックスの前に立っていた。周囲を雑居ビルに囲まれた小さな公園の中である。

「なんでこんなところに……？」

ぼんやりとつぶやいた夏美の脳裏《のうり》を、何かがかすめた。

欲望渦巻《うずま》く繁華街《はんかがい》で働いていたとき、時折耳にした都市伝説だ。

（確か……電話ボックスの……）

最初は水底に置かれた像のようにぼんやりとしていた記憶が、必死にたどる中で少しずつ形を取り戻し、やがてはっきりと浮かび上がる。

（そうだ。電話ボックスの殺し屋――）

実際に利用したという人間がいた。その人物はやがて姿を消してしまったけれど、酒の席で夏美に連絡の取り方を教えてくれた。

（決して証拠の残らない、殺し屋……）

記憶の中のキーワードを思い出し、夏美は気づけばカバンから手帳を取り出していた。

メモのページを破り、そこに待ち合わせ場所と電話番号を書いて、地面に吐き捨てられていたガムを使って電話機の底にメモを貼りつける。

『あきらめなって、奥さん！　旦那《だんな》を騙《だま》してた罰だよ！』

夏美を犯しながら矢崎はそう言った。

(罰……。そうかも……しれない……)

彼の言う通りだ。自分は何も知らない真面目《まじめ》な雅之を欺《あざむ》き、結婚に持ち込もうと画策したのである。

その報いだと言われれば、反論はできない。

(でも……)

それもまた自分にとっては生きるための努力だった。幸せになるために、手段を選ばなかっただけだ。自分なりに必死に頑張って、ようやくここまでやってきた。

(もう後戻りはできない……!)

夏美の心の中でどす黒い決意が湧きだし、急速にふくれ上がる。

やられっぱなしでなどいるものか。

障害が現れたなら排除するまで。

社会の底辺を這《は》っていた自分が、人並みの幸せを得るため、他に方法がないというのなら迷ったりはしない。

嘲笑《ちょうしょう》され、踏みにじられ、ボロボロになった自尊心を固く抱きしめて、夏美は食い入るように緑色の公衆電話を見つめた。

※
「依頼人の方ですね……。どうも。宇相吹正《うそぶきただし》です」

約束の日、待ち合わせ場所に行くと、男は猫に囲まれて公園のベンチに座っていた。

夏美は相手の持つ独特の雰囲気《ふんいき》に呑《の》まれながらも短く応じる。

「……どうも……」

全身黒一色のスーツ姿だ。見るからに怪しい出《い》で立《た》ちの中、見るもめずらしい赤い瞳が、ひときわ異彩を放っていた。ぼさぼさの頭も、引き連れたたくさんの猫も、その瞳ほどには特異に感じない。

すべてを暴くようでもあり、この世のあらゆる秘密を呑み込んでしまうようでもある、不気味にして不可思議な赤い目。

それさえなければ、彼がとても端整な顔立ちであることに気づいただろう。だが何より印象的な瞳の前には、見日の良さもかすんでしまっていた。

「誰を殺してほしいと……?」

地の底から響くような、仄暗《ほのぐら》い声音《こわね》で彼が訊ねてくる。

夏美はバッグから手帳を取り出し、はさんであった一枚の写真を渡した。雅之が学生時代にサークルでスキーに行ったときの写真である。そこには矢崎の姿も映っていた。

「私は……雅之さんと出会う前の暗い過去をすべて精算したの。私の過去をネタに私を苦しめる人間……そんな人間を殺してほしい！」

写真の中で能天気に笑う矢崎の顔を指さしながら、声を震わせる。

「失いたくないの。今の幸せを。絶対に……!!」

「ナルホド……」

写真を見つめた宇相吹は小さくつぶやき、くちびるの端を持ち上げる。

あるかなしかの微笑は、なぜか矢崎の歪んだ笑みよりもはるかにゾッとする愉悦《ゆえつ》に満ちていた。

※

その日、行きつけのキャバクラのボックス席に陣取った矢崎は絶好調だった。

「オラ、酒がねぇぞぉ！」

上機嫌でどなると、黒服がすぐさま高い銘柄《めいがら》のボトルを運んでくる。

店内には他にも客がいたが、今日の主役はまちがいなく自分だ。

その証拠に、人気のある女は全員矢崎の周りに集まっていた。それがまた気を大きくさせる。

「ジャンジャン持って来い、ジャンジャン!!」

豪快に言いつける矢崎に、キャバ嬢たちは歓声を上げた。

「どーしたの、ヤッちゃん景気良い～！」

「男らしー♡」

しなだれかかってくる女の肩を抱いて、気分良く酔った矢崎はギャハハハ！　と笑う。

「まぁな！　色々あってちょーっと金回りが良くなってよぉ！」

「スゴーイ！　ステキー!!」

これまで耳にしたことのない量の賛辞を心地よく受け止めながら、矢崎は浴びるように酒を飲んだ。

やがて少しふらつく足取りでトイレに行くと、ふいに傍《かたわ》らから声をかけられる。

「……うらやましい飲みっぷりですねぇ」

「んあ？」

声をかけてきたのは、洗面台で手を洗っていた男だった。

黒服でもあるまいに黒ずくめの格好をしている。黒い髪はぼさぼさで、長い前髪の奥から暗い目がのぞいていた。見たことのない相手だ。

「アンタは陰気な顔してんなぁ？」

矢崎の言葉に、男は静かな笑みを浮かべる。

「失礼な……こう見えて陽気なんですよ、僕。好きなテレビ番組はお笑い番組ですし」

まったくキャラに似合わないセリフに、矢崎はギャハハハ！　と声を立てた。

「確かにオモシレーわ。そのギャグ。んじゃな」

「おや？　何だか……魚の匂《にお》いがしますねぇ？」

背中でそうつぶやかれ、トイレから出ようとしていた足を止める。

「ウソ？　マジ？　わかっちゃった？　悪りぃ悪りぃ。オレ、寿司屋で働いてんだよ♪」

「へぇ……。お寿司屋さんってそんなに儲《もう》かるんですねぇ」

「ぜーんぜん！　オレ、ぺーぺーだし！」

男は、店内での自分の遊び方を目にしたのだろう。まったく見当違いな予想に、矢崎は大きく手を振った。

「チェーン店だから、マニュアルだのなんだのウルせーし！　毎週本社から社員がチェックしに来るし。毎日魚とにらめっこで人間が魚に見えてくるよ！」

うっとうしい業務についてぼやくと、黒ずくめの男は「……ほぅ！」と目を輝かせる。

「人間が魚に？　そんな事があるんですか？」

「ハァ？　ジョークだよ。あるワケねーだろ、んな事よぉ！」

どこかズレた反応にあきれる矢崎のほうへ、相手はふいに顔を近づけてきた。

「どうですかね？」

酔っていた矢崎は、その時初めて、男が見たこともない赤い目をしていることに気づいた。

おぞましいほどに赤い目が、ふいに強い輝きを放つ。

とたん、頭がぐらりと傾《かし》いだ。

「お……、おぉ……っ」

何かが自分の中を浸食し、勝手に作り替えてしまう――そんな生理的な嫌悪感を覚えて顔が歪む。

「な……何だ……!?　頭が……クラッと……」

立ちくらみが起きたのを感じ、矢崎は頭を抱えてしゃがみこむ。

気がつくと黒ずくめの男は姿を消していた。

（な……何だったんだ？　いったい……）

狐につままれたような気分で考え、立ち上がる。

トイレを出て店内を見まわしても、男の姿はどこにもなかった。

「さっきの奴……何だ……!?　アイツの目を見たら変な感じに……──！」

立ちくらみがあの男のせいだということを、どこか本能的な部分で感じていた。あの男が自分に何かをしたのだ。

きょろきょろする矢崎を明るい女達の声が迎える。

「おかえりなさーい♡　どうしたのぉ？　フラフラして大丈夫～!?」

椅子《いす》の背に手を置いてボックス席に座ろうとした矢崎に、キャバ嬢が気遣わしげな声をかけてくる。

何でもないと答えようと、ふとそちらを見たとたん、ぎょっと目を瞠《みは》った。

「う……うわっっ!!」

キャミソールドレスを着たキャバ嬢の、広く露出した肌一面が魚の鱗《うろこ》に覆《おお》われていたのだ。

「え!?　ええ!?」

大声を出して目をこすり、おそるおそる目蓋《まぶた》を開ける……と。

「どうしたの？」

キャバ嬢は元の人間の姿に戻っていた。怪訝《けげん》そうにこちらを見つめている。

「…………」

ドクドクと大きく騒ぐ胸をなで下ろす。

それはそうだ。人間の肌が鱗になるはずがない。

（飲み過ぎかぁ？　だよなぁ？　人間にウロコがあるワケねぇよ……）

冷静さを取り戻そうと煙草《たばこ》を一本くわえると、すかさず横にいた女が火を出してきた。

そして甘える声でささやいてくる。

「ねぇ？　矢崎さん。今日お店上がったら……」

くるくるに巻いた髪を茶色く染めた若い女は、この店で一番人気のキャバ嬢である。実は前からずっとねらっていた相手でもある。

煙草をくわえた矢崎の顔はたちまちやに下がった。

（マジで？　ええっ、こんな簡単にいっていいの!?）

思わぬチャンスに鼻息が荒くなる。まるでこれまで恵まれていなかった分の運が、まとめて押し寄せて来たかのようだ。

自分に都合良く解釈し、矢崎は仕事を終えたキャバ嬢とホテルに直行した。

若い彼女は積極的で、自らさっさとシャワーを浴び、ベッドに入るや甘えた口調で誘ってくる。

「ねぇ早く早くぅ〜っ♡」

「まーまー、焦んなって」

抱きついてくる相手を制し、矢崎はヘッドボードに手をのばした。

「部屋暗ぇよ！　もっと明るくしてやろうぜ！」

照明のスイッチをひねって明るくすると、女はふざけるしぐさで顔を隠した。

「やーだー。アタシ化粧《けしょう》落としたから恥ずかしー」

「ダイジョーブだって！」

元々かわいい顔立ちであることはわかっている。だから明るい中で表情を見ながらしたいのだ。

鼻の下をのばして覆いかぶさる矢崎を、女はくすくす笑いながらふり返った。

「ヒドい顔してない？」

次の瞬間。

「――――――わぁあっっ!!」

視界いっぱいに迫ってきたマグロの頭に、矢崎は女の上から飛び退いた。

（さ、魚ぁぁぁ!?）

まごうことなき魚である。顔だけは。魚以外の何物でもない。

だがしかし身体《からだ》は女のもので――気がついたら大声で叫んでいた。

「ば……化け物ぉぉっ!!」

「はぁ!?　化け物ぉ……!?」

女が怒鳴り返してくる。……どういうわけか、その時には元のかわいい人間の顔に戻っていた。

「そんな事、今まで誰にも言われた事ないのに！　ヒドい！　もう帰る！」

かんかんになったキャバ嬢は、手早く下着と服を身につけるや、足音も高く部屋を出て行ってしまう。

矢崎はその背中をぼう然と見送った。

（どうなってんだ……!?）

しばらくぼんやりした後で我に返り、もう一度よく見ようと、窓を開けて女の姿を探す。ちょうど、一階の出入口から腹立たしげにヒールを慣らして出てくるところだった。

「ムカつく！　何よ、アイツ!!」

ぶつぶつと文句を言う様子におかしなところは何もない――

「――……っ!?」

下の通りを見ているうち、目に入った人物に矢崎は息を呑《の》んだ。

ラブホテルの建物の陰に立ち、去っていく女の後ろ姿を眺めている、黒ずくめの男。

(あいつは……!?)

矢崎の視線に気づいたのか、男がこちらをふり仰《あお》いだ。

目が合ったとたん、くちびるを歪めてニヤリと笑う。不敵な口元は、こちらを嘲笑《ちょうしょう》しているかのよう。

ぼさぼさ頭の前髪の奥で、赤い瞳が禍々《まがまが》しく輝いた。

※

翌日、勤め先の寿司屋に着いた矢崎を、後輩の元気のいい挨拶《あいさつ》が迎えた。

「おはようございます!」

「ウース」

駅に近いチェーン店の寿司屋は、安さが売りということもあって客の入りが良く、開店以来まずまずの売り上げを維持している。

しかしその安さゆえ、従業員である板前への利益の還元がイマイチなのが玉に瑕《きず》だった。

矢崎にとってはとりあえず目先の給料のため、我慢して働いているにすぎない。

当然、やる気もさほどない。

おまけに昨夜のわけのわからない騒動のこともある。

(結局……あれから一睡もできなかった……)

二度も奇妙な目の錯覚《さっかく》が起きた。

(それもあんな気色悪ぃ……)

思い出すだけで身の毛がよだつ。矢崎は寝不足のだるさを感じながら機械的に支度《したく》を調えた。

頭がぼんやりとするだけではない。飲みすぎたせいか二日酔いのような頭痛がする。

うっとうしさに舌打ちをしたところで、まとめ役の板前の張り切った声が響き渡った。

「今日は本社の方が視察に来られる！　手を抜かず、ミスなく丁寧《ていねい》にやれよ！」

「しゃーす！」

板前達が威勢良く答えた直後、店の入口が騒がしくなる。

「本社の方、入られまーす」

「どーも、おはようございます。今日はよろしくお願いします。本社の――」

まとめ役や店長と、本社の人間のやり取りがもれ聞こえてくる中、店の中がいつもとちがう軽い緊張に包まれる。

しかし矢崎はそれどころではなかった。頭痛が少しずつひどくなってきたのだ。包丁を手にしたというのに、ちっとも集中できない。

（頭痛ぇ……！　あの不気味な野郎……。アイツに会ってから頭が……）

こめかみを押さえてふと窓の外を見た瞬間、ぎくりとする。

（あ……あいつ……!!）

のんびりとした様子で店の前を歩いているのは、黒いスーツの不気味な男だった。

通り過ぎざまふり向いた男は、肩越しに赤い瞳で矢崎を流し見る。

その視線を受け止めるや、脳みそが痺《しび》れたように頭の中がざわりとした。

（…………!?）

突っ立ったままぼんやりしていると、すかさずまとめ役の厳しい声が飛んでくる。

「コラ矢崎！　視察の方がいらっしゃってるんだ！　手を止めるな！」

「は……はい！」

矢崎は慌てて手を動かし、手近にあった魚をつかんだ。まな板にたたきつける勢いでそれを置くと、乱暴さを見かねたのか、他の板前が「ちょ……」と制止する声をかけてくる。

しかし矢崎は、頭痛と不気味な男への不安とで気が立っていた。

かまわずに鋭く研《と》がれた刺身包丁を魚に押しつけ、力ずくで切り分けにかかる。

すると。

ブツッと肉の切れる感触と共に、噴水のごとく噴き上がった血が、顔にかかった。

「……え？」

生温かい。

（そんなバカな……）

夢遊病のようにふわふわとした意識でそう考える。

魚がこんなに温かいはずがない。いや、そもそも魚を切ってこんなふうに血が出るわけがない。

ぽかんとする矢崎を、隣にいた板前が血の気を失った顔で凝視してくる。

「お……おま……っ、な……ななっ……!!」

おもしろいくらい目を見開いた同僚の驚愕《きょうがく》を不審に思っていると、相手はぶるぶる震える手を持ち上げ、言葉もなく矢崎の手元を指す。

「え……？」

赤い。手が、まるであの男の瞳のような色に染まっている。

そして――

「や……矢崎……、おま……、なに……すんだ……!?」

切られた魚が口をぱくぱくさせている。いや、魚ではない。これは人間だ。

自分に頭をつかんで押さえつけられ、刺身包丁でクビを切られた人間。

どこかで見た顔。

(――……って、)

「か……風間……先輩……!?」

本社にいるはずの風間が、なぜこんなところに?

いや、それよりなぜ自分のにぎる刺身包丁は、風間の首にめり込んでいるんだ?

なぜ。

こんなにも、血の臭《にお》いがする?

あたり一面赤く染まった調理台を見下ろす矢崎のこめかみで、ドクドクと鳴る鼓動に合わせて頭痛が響く。

「俺は……なにを……」

※

同棲《どうせい》している雅之の部屋で――結婚したら新居になるはずの部屋で、スマホを握りしめた夏美は「……は？」と気の抜けた声を出した。

耳に入ってきた話は、それほど信じがたい内容だった。

「雅之さんが従業員の矢崎に……!?」

それは警察からの電話だった。

雅之が先刻、視察に向かった支店で、そこの板前だった矢崎に包丁で切りつけられて死亡したという。

(何で……？)

説明を聞いている途中で、力を失った手からスマホがすべり落ちる。

目の前が真っ暗になった。

(……なんで雅之さんが……!?　宇相吹がやらせたの……!?)

意味がわからない。死ぬのは矢崎のはずだったのに。

「どうなってるのよ――!!」

がらがらと幸せのくずれていく音の中、頭を抱えて絶叫する。

これからどうすればいい？　惨《みじ》めな人生からようやく抜け出せたと思ったのに。

失ったものの大きさを思い、絶望的な気分になった。

ふたたび婚活をやり直したところで、もう雅之ほどの人と出会えるとは思えない。そもそもまた同じことのくり返しになるかもしれない——

そこまで考えたところで、夏美はハッとする。

「矢崎に撮られたビデオ!!」

（もしあいつの部屋が警察に調べられたら、あの動画が……!!）

あれを見られたら、矢崎と夏美の間に関係があったことがバレてしまう。矢崎の殺人の動機づけにでも使われてしまえば、さらに厄介《やっかい》なことになる。

そもそも単純に、あんなものを他人に見られるなど我慢できない。

なんとしても警察が家捜《やさが》しをする前に回収しなければ！

焦る気持ちに衝《つ》き動かされ、夏美は矢崎の部屋の合《あ》い鍵《かぎ》を手にアパートに向かった。

自分のいない間に掃除《そうじ》や洗濯《せんたく》をしておくようにと、あらかじめ渡されていたのだ。

しかし——

（ない……！　どこにもない……!!）

収納ケース、棚《たな》、台所の引き出しと、どこを探しても動画を保存していると思われるカメラもＵＳＢも見つからなかった。

焦燥《しょうそう》感に胸を焦がしながら見まわすが、せまい部屋の中には他にしまう場所などない。

彼はいったい、あの動画のデータをどこに隠したのか。

（パソコン…⁉）

わずかな希望をもって電源を入れてみるが、ログインするためのパスワードがわからない。

途方に暮れてへたり込んだ夏美の耳に、そのとき、玄関から陰鬱《いんうつ》な声が届いた。

「ここを捜しても見つかりませんよ」

「宇相吹……‼」

ふり向けば、彼は薄い笑みを浮かべてこちらを見下ろしている。

その余裕の眼差《まなざ》しにカッとなり、夏美は相手につかみかかった。

「アンタが矢崎に雅之さんを殺させたの⁉　どうしてよ⁉　私は『矢崎を殺せ』と言ったでしょ⁉　なのに……どうして……⁉」

「いえいえ、違いますよ……。貴女《あなた》の僕への依頼は、『貴女の過去をネタに貴女を苦しめる人間を殺してくれ』だった筈《はず》です」

「だから！　じゃあなんで雅之さんを殺したのよ!?」

ツバを飛ばしてまくしたてるこちらにも動じず、彼は懐《ふところ》から一枚の写真を取り出す。

普通の写真ではない。やや小さめの、ポラロイド写真である。

「コレ、旦那《だんな》さんの机に入っていたものです」

そう言って差し出されたものに、夏美は目を疑った。

（……は？）

正方形のフレームの中では、ナース帽をつけた茶髪の女が媚態《びたい》を示して片目をつぶり、ピースサインをしている。

その周囲には手書きのハートが飛び、『ゆあです♡　また来てネ！』というメッセージまで添えられていた。

茶髪の女は風俗嬢だった頃の自分。

この写真は、自分がイメクラの客に渡したものである。

それが雅之の机の中にあったという事実に、カチカチと歯が鳴った。

（何で……？　何でコレを雅之さんが持って……？）

これだけは隠しておきたかったのに。

そのために、矢崎の卑劣《ひれつ》な脅迫《きょうはく》にも耐えたのに……。

震える手で写真を持つ夏美に、彼は無情に告げた。

「旦那さんは……知ってたんですよ。貴女の過去を何もかも……すべてね」

恐れていた現実を突きつけられ、ドクン、と心臓が鳴る。

「そもそも……矢崎は貴女の働いていたお店に行った事などなかった」

「え……!?」

目を瞠《みは》る夏美に宇相吹は真相を語った。

例によって暗く輝く赤い瞳に、形だけの哀れみを湛《たた》えて。

※

(なんで……こんなことになったんだ……)

殺人の現行犯で逮捕された矢崎は、パトカーの後部座席に力なく座り、手錠《てじょう》を嵌《は》められた自らの両手を見下ろして、一連のことを思い返していた。

「え……?　それマジで言ってんスか……?」

大学時代の先輩である風間から急に連絡があり、寿司屋の脇の路地に呼び出されたのは、彼の家を訪ねる数日前だった。

顔を合わせるなり、彼は大まじめな顔をして言ったのである。

「風俗嬢だった事をネタに夏美を脅し、そして……犯してくれ！　矢崎!!」

「で……でも、風間先輩……奥さんに何でそんな事……!?」

「夏美の話すＯＬ時代の話がチグハグで……、何かおかしいと思って探偵に調べさせたんだ……」

深刻な面持《おもも》ちで話す風間は、端《はた》から見ても相当思い詰めている様子だった。

学生時代は穏やかな人柄で知られていた先輩が、怒りに顔を歪めてこぶしを握りしめる。

「夏美がオレを騙《だま》してたとわかった時は……殺してやろうと思った!!」

それを矢崎は奇妙な感慨《かんがい》をもって眺めていた。

（この人でもこんな顔するんだな……）

金持ちの家に生まれ、友人に恵まれ、就職もスムーズに決まり、美人と結婚した人間が、今はその相手に欺《あざむ》かれたと激怒している。

なまじこれまで挫折《ざせつ》を味わうことがなかった分、許しがたいのだろう。自分の愛した女に、名前も知らぬ男達と関係を持ってきた過去があるなど。

激昂《げっこう》した風間は、すぐさま彼女の待つ家に戻り、問い詰めようとしたのだという。

だが帰宅して、そしらぬ顔で自分を迎える妻を——可愛らしく媚《こ》びるような笑顔を浮かべた夏美を見た瞬間、その怒りは形を変えた。

「なぜかオレは……今までにないほど興奮した!!」

風間はそう断言した。

目の前にいる女が不特定多数の男達に弄《もてあそ》ばれる姿を想像したことが、彼にとっての新たな扉を開いてしまったらしい。

あ然とする矢崎にかまう様子もなく、彼は熱を込めて言った。

「そして見たくなったんだ。……夏美がオレ以外の男と乱れる姿を!!」

「……先輩……。マジすか……!?」

やや引き気味に反応した自分に、風間はニヤリと不穏な微笑を向けてきた。

「矢崎、おまえ……消費者金融にかなり借金あるんだって?」

通勤カバンからハンディカメラを取り出し、それを矢崎に押しつけてくる。

「オレが全部立て替えてやる……。報酬《ほうしゅう》もやろうじゃないか。だから頼む……！　このビデオカメラで、夏美の本当の姿を撮ってくれ……!!」

控えめに言っても常軌を逸した提案は、しかし矢崎にとって、決して悪い話ではなかったのだ。

※

「な……何よ、ソレ……⁉」

床の上に座り込んだ夏美は、宇相吹の語る話を聞くうちに涙が止まらなくなった。

過去を隠すための努力はすべてムダだった。雅之は最初から知っていて、その上で夏美が犯される姿を見たくて、あんなことを——

あまりにも荒唐無稽《こうとうむけい》な、そして卑劣《ひれつ》な真相を、どう受け止めればいいのかわからない。

自業自得《じごうじとく》というのも、ある意味正しい。

だが、ここまでひどい目に遭《あ》うような罪だろうか？

（幸せになりたかったのよ、私は……。それだけ……）

普通に結婚して、家庭を築いて、子供を育てたい。そんな些細《ささい》な幸せを夢見るのすら、自分のような女には許されないのか。

この結末に見合うほど悪いことだったのか……。

茫然自失《ぼうぜんじしつ》の夏美に、宇相吹は近づいてきた。

「矢崎が録ったデータは写真と一緒に旦那さんの机に入っていました。お好きなように……」

そう言いながら、目の前に小さなメモリーカードを置く。

「貴女のついた嘘が、旦那さんの心に激しい憎しみと同時に……性的な倒錯を呼び覚ました……。お互い……本当の姿なんて知らなければ、こんな悲劇は生まれなかったでしょうに……」

もう用はないとばかりに踵《きびす》を返し、玄関に向かって歩きながら、彼は背中でつぶやいた。

「愚かだね、人間は」

「――――……」

夏美は首を振る。

夢は無残に踏みにじられた。けれどまだ終わりではない。

誰も自分から雅之と過ごした時間を奪うことはできない。誰がなんと言おうと、自分は彼の婚約者なのだ。

最後に残された小さな希望だけを頼りに、かろうじて自分を取り戻した夏美は、袖《そで》で涙をぬぐい、去っていく宇相吹を見送った。

と――その変化に気づいたのか、彼は足を止める。

「そうそう、これから先の身の振り方に迷うようでしたら、ここを訪ねるといい……。ここなら誰でも受け入れてくれますから……」

そう言って、彼は折りたたんだメモをポケットから取り出した。こちらに向けて放られた紙片は、ひらひらと宙を舞って夏美の近くに落ちる。

カンカンカン……と外の階段を下りていく足音を聞きながら、夏美は何かの住所が書かれていると思《おぼ》しきメモを、じっとにらみ据えた。

※

数日後――

都内の有名な斎場において風間雅之の葬儀がしめやかに執《と》り行われた。

死に方が死に方であったため、盛大なものではなく、身内だけの式にしたようだ。参列者の数は、生前の付き合いの広さから考えると驚くほど少ない。

夏美のもとにも連絡は来なかった。事件について聴取に来た刑事から、たまたま聞かされて知ったのだ。

（日取りが決まったら教えてほしいって、あれだけ言ったのに――）

夏美と雅之がまだ正式に結婚していなかったこともあり、喪主《もしゅ》は彼の父親が務めることになった。

事前に相談はなく、葬式について相談するために連絡を取った際、一方的に通告された。

それでも譲歩《じょうほ》し、自分に手伝えることがあれば何でも言ってほしいと、心を込めて伝えたつもりである。

だがその誠意は、まったく受け入れられなかったようだ。

葬儀の場において、夏美の姿を目にした雅之の両親は怒りを露わにし、「自分達の指示を無視して同棲《どうせい》などするからこんなことになった」と、他の参列者の前で言い放った。

もちろん親族の列にも入れてもらえなかった。

誰がなんと言おうと自分は雅之の婚約者――そんな事実は、彼の両親の前には吹けば飛ぶ塵《ちり》にも等しいものだったようだ。

夏美は打ちのめされた気分でその場を去り、そして雅之と共に暮らした部屋からも出て行かざるを得なくなった。

あの場所で頑張ったところで、自分が受け入れられることは決してないとわかったのだ。

それどころか、もし誰かが雅之と同じように夏美の過去に不審を持ち、調べるようなことがあれば終わりである。

哀しみを抱えて独りさまよいながら、恨む先も見つけられなかった。

宇相吹は自分の願いを忠実に実行しただけ。

決して明かすことのできなかった自分の過去。明かしてもらえなかった雅之の性癖《せいへき》……。この結婚はうまくいくはずがなかったのだ。その事実を、宇相吹によって知らしめられただけ。

「これからどうしよう……。また前の店に戻れればいいんだけど……」

東京に飛び出してきた頃のように、ファストフードで腹を満たしつつ、店の片隅でため息をつく。

雅之から同棲を持ちかけられ舞い上がった夏美は、店に何も告げずに飛び出した。不義理を思えば今さら戻ることができないのはもちろん、せまい風俗の世界において、話が広まってしまっているかもしれないという心配もあった。もし見つかって以前の店に知られれば、ただではすまないだろう。

「でも風俗以外で私にできる仕事なんて……」

鬱々《うつうつ》と考えた、そのとき。ふと宇相吹が残していったメモについて思い出した。

使うことはないと強がり、くしゃくしゃにして荷物に突っ込んでおいた紙片を取り出す。

意外にもきれいな文字で書かれた住所を、夏美は渋い顔で眺めた。

※

「え、ＳＭ……?」

紙片に記されていたのは店舗《てんぽ》の住所だった。

繁華街《はんかがい》からやや外れた一画。雑居ビルのワンフロアを占《し》める店は南欧風のオシャレな店構えだった。ぱっと見には隠れ家バーといった雰囲気《ふんいき》である。

だが看板には、流麗《りゅうれい》な飾り文字でしっかりと書かれていた。

『SM Fetish Bar ベラドンナ』――と。

（ＳＭの仕事ってしたことがないんだけど……）

大きな荷物を手に、店の前で逡巡《しゅんじゅん》していると、後ろから軽い声がかけられる。

「あら、入店希望?」

ふり向いた先にいたのは、自分と同じくらいの歳《とし》の若い女だった。銀髪のボブ。カラーコンタクトなのか、青い目。白すぎる肌が外国の人形を思わせる。

背が高いと思ったら、驚くほど細くて高さのあるピンヒールを履《は》いていた。

全身をすっぽりと覆《おお》うコートを身につけた女は、とまどう夏美の手をつかむと、青く塗ったくちびるの端を持ち上げて笑う。粗野でありながら色香をにじませた微笑に、同性だというのにどきりとした。

そして連れ込まれた店の中は、クラブイベントのように低音を強調した大音声《だいおんじょう》の音楽が流れている。照明は極端に抑えられ、少し離れると人の顔を判別するのも難しいほどだ。

ポールの設置されたステージのみ少し明るく、そこでは水着のようなボンテージ衣裳を身につけた女が、蛇のようにポールにからみつき、身体《からだ》をくねらせて踊っていた。艶《つや》のある黒い革が白い肌に映えてなまめかしい。

刺激的なショーから目を逸《そ》らせば、たまたま目についたボックス席では、着衣を乱した男が、やはり黒革の衣裳を身につけた女とからみ合っている。

手を引かれたまま、夏美はフロアの奥へ奥へと連れて行かれた。ずっと手を引っ張っていた女が立ち止まったのは、小さな部屋の前である。

事務所だろうか。客がいる雰囲気ではないが、入口部分にしか照明がついていないため、中の様子はうかがえない。

と、暗い部屋の奥から男とも女ともつかない、不思議な声が聞こえてきた。

「もしかして宇相吹さんの？」

姿ははっきり見えないが、そこに誰かいるようだ。あまりにも怪しい雰囲気に夏美が尻込みしていると、声はさらに続けた。

「名前は？」

「な……夏美……」

「じゃあナツミ、それ着て店に出て。よろしく」

「それ……？」

訊き返すと、ここまで連れてきた女が、部屋の入口付近にあったハンガーから一着のボンテージ衣裳を手に取って差し出してくる。――のみならず、傍《かたわ》らのソファに押し倒してナツミの服をはぎ取り、布地が少ない割りに複雑な作りのボンテージを手早く着せてくる。

「あ、どうも……」

されるがままになっていた夏美が思わず礼を言うと、彼女は青い目とくちびるで、くすりと笑った。

「さぁ、お仕事よ」

そう言って彼女は着ていたロングコートを脱いでソファに放り投げた。すると夏美のものよりもさらに過激なボンテージを身につけた豊満な身体が現れる。

あ然とする夏美の手を取り、彼女は悠然《ゆうぜん》とフロアへと戻っていった。

普通に暮らす中ではまず目にしないような――ほとんど爪先《つまさき》立ちと言っていいほど高いピンヒールで、女は堂々と優雅に歩いて行く。

世界を埋め尽くすほどに圧倒的な音量のクラブ音楽と、薄暗い風景は、まるで現実味がなく、自分の居場所を見失ってしまいそうな危うさを孕《はら》んでいる。

ぼんやりとついていくばかりだった夏美の前で、銀髪の女はふいに立ち止まり、キスをするほどに顔を近づけてきた。

「ここは外とは違う世界。誰もあなたを拒《こば》まない。ただ快楽に身を任せるだけ」

耳元で告げられた言葉にハッとする。

フロアの奥から、客と思しき誰かが手招きしていた。

「私はハルコ」

それだけ言って、ハルコは男のものか女のものかもわからないその手に、吸い寄せられるように歩み寄り、暗がりにいる相手といきなりキスを交わした。

そして夏美が見ているのにもかまわず――否《いな》、見せつけて挑発するていで相手の服を脱がせ、ボンテージによってかろうじて覆われた自分の胸を押しつける。

暗いため、結局その客が男なのか、女なのかは判別がつかなかった。

しかし眺めているうち、どちらであろうが、さほど重要ではない気がしてきた。

ドン、ドン、ドン……と轟音《ごうおん》のような音楽が流れ、秘めやかな時間を隠してくれる。

細部の見えない暗さが、いかがわしい行為を包み込んでくれる。

ここは、秘密が秘密として守られ、そして自分にだけ自分をさらけ出すことのできる場所なのだ。

眩暈《めまい》がするような享楽《きょうらく》の世界の雰囲気に、すっかり呑《の》み込まれてしまう。

「……はぁ……っ」

あまりにも強すぎる刺激にくらくらしてしまい、夏美は一度、手探りでフロアから外に出た。

裏口と思しきドアを開けると、そこは非常階段だった。息をつき、ドアを閉めて冷たい階段に座り込む。興奮で火照《ほて》った肌に鉄の感触が気持ちいい。

しばらくしてハルコが出てきた。白い肌が赤く上気していてなまめかしい。客と絡んだせいだろうと考えると、その欲望の激しさを想像して夏美の頬《ほお》まで赤くなってしまう。

彼女はニィッと青いくちびるの両端を持ち上げた。

そして意外にもおっとりした口調で言う。

「あなたにここを教えたの、宇相吹さん……でしょ？　……私もよ」

「え？」

「知りたい？　私のこと……」

扇情《せんじょう》的なビスクドールのような形《なり》をしたハルコは、青い目で夏美を見つめて語り始めた。

彼女と宇相吹が出会ったときの話を……。

第二章　本当の自分

都内某所《ぼうしょ》――学生が多く住む町の裏通りにある古書店『MeMenTo Mori《メメントモリ》』は、流行の作家やマンガを重点的にそろえた大手チェーンとはちがい、昭和に刊行された作品を始めとして、あらゆる分野の古本を扱う、古いタイプの店である。

外見こそ昭和に建てられた洋館のような小洒落《こじゃれ》た造りだが、一歩中に入れば薄暗く、紙とインクの独特の匂《にお》いに満ち、咳払《せきばら》いすら響くほどの静寂に包まれている。

棚《たな》の上はもちろん、通路にまで隙間《すきま》なく古書の積まれたせまい店内は、いつもまばらに客がいるばかり。しかし逆にマニアックな本に出会えると、古書ファンの中では名前の知られた店でもある。

戸村春子《とむらはるこ》のアルバイト先は、そんな場所だった。

いつも少し伏せがちの顔に黒ぶちの眼鏡《めがね》をかけ、真っ黒な野暮《やぼ》ったい髪は、後ろでひとつに束ねたきり。肌の白さは昔から指摘されてきたが、褒《ほ》めどころといえばそのくらいだった。

服の趣味は普通――地味なことはないが、決してオシャレというわけでもなく、メイクをするのもデートの時だけ。それでもカレシがいるのは、男子生徒の割合が圧倒的に多い国立大学に通っているせいだろう。

現在四年生。絶賛就職活動中で、誰もがうらやむ有名企業の最終面接までこぎつけている。

順風満帆《じゅんぷうまんぱん》に聞こえるかもしれないが、ここまでの道は決して平坦なものではなかった。

小学生の頃は、目立って成績がいいことでクラスを上げてのいじめに遭《あ》った。中学に入ってからは、小作りで整った顔のせいで同性からの陰湿ないじめを受け続けた。

そんな毎日の中で、春子は自分の成績をひた隠しにし、ダサい眼鏡をかけて容姿も隠し、周囲に埋没することで身を守る術《すべ》を身につけていった。それに加えて、なるべく周りの人間を褒め、どんな相手とも明るく気さくに接するよう心がけることで、高校に入ってから、ようやく平和な学校生活を手に入れたのである。

それは大学に入ってからも変わらず、「春子ちゃんっていい子だよね」、「エントリーした会社、どこも選考に残ってるみたいなのに、そういうの全然自慢しなくて、人間できてるなーって感じ」、「人の悪口とか絶対言わないから信用できる」等々の自分に関する評判を耳にするたび、ホッと胸をなでおろしている。

多少自分を押し殺すことくらい、わけはない。

それで人から慕《した》われ、尊敬されるのなら安いものだ。

よって春子は今日も黒縁《くろぶち》眼鏡をかけ、バイト先で単調な店番をしていた。

朝レジを開き、簡単な在庫チェックをした後に、はたきをかけて本棚の埃《ほこり》を払う作業さえ終えてしまえば、あとはレジの中で本を読んでいてもＯＫ。古書店のバイトは読書好きな春子にはうってつけだ。

と、身につけていたエプロンのポケットで、スマホがヴ……と震える。引っ張り出して確認すると、新しいメッセージが届いていた。

カレシの小西博人《こにしひろと》からである。

博人とは一年生の時、選択した授業がことごとくかぶっていた上、同じ文芸サークルに入っていたことから自然とつき合うようになった。

しかし彼は次第に学業よりもアルバイトに精を出し、授業をよくサボるようになった。春子のノートがなければとっくに留年していると、女友達はあきれている。それでも春子はかまわない。

カレシの役に立てるのは単純に嬉しいものだ。

何しろ顔のいい博人はモテるから。それに好意を隠さないから。春子がノートを渡すと、決まってみんなの前で「サンキュー！」と笑って、ぎゅっとハグしてくる。人目があってもおかまいなし。

そんな子犬みたいなところがカワイイ。……と、ずっと思ってきたのだが――。

春子ははぁ、と息をついた。

（勉強どころか、就活《しゅうかつ》も全然やってないみたいなんだよね。……大丈夫なのかなぁ……）

四年になって真剣に向き合い始めると、そんな博人が、人生を預ける相手としては頼りなく感じるようになってきた。

（せっかくウチの大学に入ったのに、就職できなくてフリーターなんかになったら……皆に笑われちゃうよ……）

ふたたび重いため息をついたところで、ガラガラガラ……とガラス張りの引き戸が開けられる音がする。ふとそちらに目をやった春子は、ハッと息を呑んだ。

が、相手と目が合いそうになり、あわてて顔を伏せる。

それは最近気になっている客だった。

レジの中で本を読むフリをしながら、春子の目はちらちらとその客を追う。

黒いスーツに、癖《くせ》の強いぼさぼさな髪、そしてその髪の奥で見え隠れする赤い瞳――

（あれってコンタクトかな……？）

奇妙な容姿の男のことが、春子は気になってしかたなかった。

まだバイトを始めたばかりの頃、来店した彼が毎回、レジの死角になるあたりで何かをしている様子であることに気がついたのが始まりだった。

しばらく注意して見ていたが、商品が消えるようなことはなかったので、万引きではないようだ。

では何をしているのだろう？　いくら考えてもわからない。

それが終わると、彼は決まって小一時間店内をふらつき、特に統一性のない専門書や、マニアックな本を買って去っていく。

立ち居振る舞いのあらゆることが謎めいて、好奇心を刺激された。そのうち、奇妙に見えた容姿が意外にも端整であることに気がついた。

——そう。気がついたら、彼が来るたびに意識してしまうようになっていたのである。

だからといって彼に何かを望むわけではない。自分には博人がいるのだから。

ただ俳優やタレントに憧れる感覚で気になるだけだ。

そう思いつつ、春子はひとつだけ心に決めていることがあった。

彼の選ぶ本のジャンルが、毎回あまりにもバラバラなため思いついた賭《か》けである。

（もしあの人が、あの本をレジに持ってきたら——）

本を読んでいるふりをしつつ、ちらりと売り場に目をやった春子は、そこで黒い瞳を見開いた。

「お願いします」

いつの間にか、黒いスーツの男がレジの前にいたのである。

すらりと高い背丈を見上げて一瞬呆《ほう》けた後、春子はあわててうなずいた。

「はっ、はい……っ」

本を受け取り、ひとつひとつ値札を確かめてレジを打っていく。その際、タイトルをチェックすることも忘れなかった。

(『子育て百科』……え、子育てに興味あるの？　子供にこわがられそうだけど……、『日本の家電史』……そもそも普段、家電を使ってる姿が想像つかない……、『可能性療法』……もうタイトルからして意味不明……──)

いつものごとく、本当に脈絡のない選書である。

内心首を傾《かし》げながら、次の本の表紙を目にしたとたん。

(きた……!!)

春子は思わず心の中で快哉《かいさい》をさけんだ。

『カードマジック教本』──彼がこの本を選んだら、行動を起こそうと決めていた。

「あ、あの……！」

春子は勇気をふりしぼって男に声をかける。

「マジック……お好きなんですか？」

「？」

突然の質問に、男は目を瞬かせた。春子はうわずった声で続ける。

「わ、私……実は昔から手品が大好きで——」

そう言いながらエプロンのポケットに手を入れ、トランプを取り出した。それを男の目の前できれいな扇形《おうぎ》に開いてみせる。

しかし相手は何の反応も見せなかった。高いところにある顔はぴくりとも動かず、ぼさぼさ頭からのぞく赤い瞳も薄暗く翳《かげ》ったまま。

(は……外したぁぁ……!!)

春子は我に返り、顔から火が出そうな気持ちでレジの小計ボタンを押す。

「し、失礼しました……。お会計は三千八百円です……」

「——」

男はだまって札入れからお金を出した。そして袋に入れた古書を手にレジから離れて行こうとする。

(え、行っちゃうの? 本当に……?)

そっけない背中を見送り、こんなふうに取り残されていいのか、と自分を叱咤《しった》する。

(面接でいつも、「一度やり始めたことは最後までとことんやり抜きます」って長所アピールしてるくせに……!)

今こそそれを示さなくてどうするのか。謎の意地をもって、春子はやけくそで声を張り上げた。

「あ、あの！　もしよかったら、もう少し……話でも……」

最初こそ威勢よかったものの、足を止めてふり向いた男の、あまりにも冷たい眼差《まなざ》しに、だんだん語尾がすぼんでしまう。案《あん》の定《じょう》、男はにべもなく返してきた。

「僕は仕事以外で人とは関わらないんです……。それでは……」

踵《きびす》を返そうとした男の腹が、そのとき「ぐぅぅ……」と大きな音をたてる。彼は自分の腹に手を置き、悄然《しょうぜん》とつぶやいた。

「もう三日も何も食べてないんですよ……」

「え!?　なのに本を三千八百円分も買ったんですか??」

「あ……確かに……」

まるで他人事《ひとごと》みたいにうなずいた男と、目を合わせて笑いを交わす。

彼は春子の名札を見て、あるかなしかの笑みを浮かべる。

「春子さん……ですか？　何かおごってくれるなら……少しだけ……」

そのつぶやきに、春子の鼓動が思わず高鳴った。

少し早めに昼休みをとることにして、春子は宇相吹《うそぶき》を近くのカフェに連れて行った。

脱サラしたマスターが経営している店で、オシャレさ的にはイマイチだったが、お腹にたまるメニューとおいしいコーヒーが売りのため、周辺に住む学生には人気がある。

「……と、今のように一度観客に失敗したと思わせておいて、実はダブルブラフでネタを仕込む手法を、サカー・トリックと言って、これはカードでもよく使われるんですけど、代表的なのがこうしてカード当ての中で使われる技です。まず相手に一枚カードを選んでもらって……」

先ほどから春子は一人で話しつづけていた。

宇相吹はといえば、出てきたパスタを黙々と頬張《ほおば》るばかり。

向かい合って座っているというのに会話はなく、間を持たせるのが大変だ。

せっかく実技を見せようとしたにもかかわらず反応がなかったため、春子はついにため息をついた。財布代わりにされているのだとしても、これはあんまりだ。

「あの……聞いてますか？　宇相吹さん」

軽くくちびるを尖らせて問うと、彼はようやくパスタから顔を上げる。

「ええ……聞いてますよ。貴女《あなた》は素敵な人だ」

「えっ!?」

突然の爆弾発言に、顔がボッと赤くなる。

すると彼はさらに顔を近づけてきた。長めの髪に隠れていてもわかる、眉宇《びう》の整った顔を。

「でも僕は今の貴女に魅力を感じない」

「え……」

「こんなもので素顔を隠している貴女にはね……」

そう言うや、彼は春子から黒縁《くろぶち》の眼鏡《めがね》を取った。「あっ……」と思わず声を上げる。

それは春子の防波堤だった。目立って、攻撃されないための盾。自分は大したことない、周囲の女達の敵にはならないと示し、好かれるための盾。

本当の自分と世界とを優しく隔《へだ》てる透明な壁。

不意打ちでそれを奪われ、春子は思いがけず宇相吹と直に相対することになる。

そして間近に迫った赤い瞳に、意識を釘付けにされた。

（なにこの……目……）

ドキドキと胸が騒ぐのは、甘い感情からではない。

自分を暴かれるような、赤い闇に呑《の》み込まれてしまうような、自分が自分でなくなってしまうような――まったく正体のわからない漠然《ばくぜん》とした不安を感じてのことだ。

一方で、これまで以上に彼に惹《ひ》きつけられる気持ちもあった。

不安を感じているというのに、どうしてもこうも惹かれてしまうのか……。

自分の心の動きがまるで理解できない。

困惑する春子の顔に眼鏡を戻し、宇相吹はフッとほほ笑んだ。

「ごちそうさまでした」

軽く言って、購入した古本を手にその場を去っていく。

「…………」

後に残された春子は、気づけば真っ赤になった顔で、ぼんやりとそれを見送った。


「ただいまー」

バイトを終えて帰宅すると、すでに両親が食卓についていた。

帰ってきた春子に、母親が温かく声をかけてくる。

「おかえりなさい。ご飯できてるわよ」

「就活《しゅうかつ》か？　大変だなぁ、今の子は」

「やだ、あなたったら。あの格好で就活するわけないじゃない。今日はアルバイトよ。ねえ？」

「そうか……まぁあれだ。背のびして一流企業にこだわる必要はないぞ。春子がやりがいを感じる仕事に就《つ》くのが一番だ」

のんきな会話を交わす両親に向け、春子は自分の席に着きながら、得意になって告げた。

「ご心配どうも！　でも大丈夫だよ。このたびめでたくA社の最終面接までこぎつけたから。人事の人にうちの大学のOBが多いから、けっこう感触いいんだよね」

A社は世界的に名前の知られた外資系のホテルチェーンだ。日本国内での知名度も高く、春子の第一希望でもあった。

「すごいじゃない！　お祝いしないと」

「まだ早いよ〜。最終面接が残ってるし」

「ここまで来て春子が失敗するわけないじゃない！　うれしいわ〜！　ウチの子があんな有名な会社に就職するなんて」

母親は、まるで自分のことのようにはしゃいで春子の肩をゆさぶってくる。

父親もまたお茶碗《ちゃわん》を片手に大きくうなずく。

「こりゃあ春子に年収を追い越されるのはすぐだな」

「ちょ……。やめてよ、お父さん」

父は小さなシステム管理会社に勤めている。春子が幼い頃は、仕事が忙しすぎて家にほとんど帰ってこなかった。母親は「ろくに残業代も出ないのによく働くわね」とブツブツ言っていたものだが、そんな父親も今では毎日定時に帰ってくる。……会社に来る依頼そのものが減ったらしいと聞いて、忙しいほうがまだマシだったのだと遅ればせながら気がついた。

あまり余裕のない家計を、数年前から母親がパートで支えている。

そんな両親にとって春子は希望の星だった。

そもそも塾に行っているわけでもないのに成績が優秀で、偏差値《へんさち》の高い公立高校、そして有名国立大学に進学した時点で、この上ない自慢の種である。

周りの人に羨《うらや》まれるたび、さして勉強が得意ではなかった父親は「鳶《とんび》が鷹を生んだのだ」と自ら言っていた。

「春子はきっとA社に入って、金持ちと結婚するにちがいないぞ」

「やだ、あなた。そんな考えは古いわ。春子はきっと自分で身を立てて、お金持ちになるわよ」

どちらの期待に対しても、春子は「やめてよ」と軽く流したが、悪い気はしなかった。

自分でも、心のどこかでそうなる予感がしている。

「最終面接、がんばってね！」

食事を終えると、母親がそう声をかけくる。

「うん！」

大きくうなずいて、春子は自分の部屋に戻り、明日の最終面接での予想できる限りの質疑を書き出したメモを片手に、シャツにアイロンをかけた。

そしてA社で働く自分をイメージしてみる。

何しろ外資系の一流ホテルである。海外の有名人も多く利用していると聞くし、国際会議に出席する外国の要人の客も多いらしい。きっと目がくらむほど華やかな世界にちがいない。

人気のハリウッド俳優と言葉を交わす自分を夢想した後――鏡を見た春子は、ふと黒縁の眼鏡に目を止める。

これをつけていたほうが真面目《まじめ》さのアピールになるかと思っていたが……。

『でも僕は今の貴女に魅力を感じない』

容赦《ようしゃ》ない宇相吹の声が脳裏《のうり》でよみがえり、反射的に眼鏡を外してしまう。

鏡の中、素顔の自分が、どこか頼りない顔でこちらを見つめていた。

「眼鏡……似合ってないのかな……？　明日はコンタクトにしようか……」

間近からのぞき込んできた赤い瞳を思いだす。

謎めいた眼差《まなざ》しが忘れられない。今度彼に会ったとき、あの目を見て平静でいられる自信がない。

（どうしよう……）

その日、春子は一晩中ドキドキとうるさく鳴る鼓動に邪魔され、眠れぬ時間を過ごした。

※

次の日。

A社の最終面接会場に近い駅に着いた春子は、ホームから急いで改札に向かい、待ち合わせた相手に声をかけた。

「お待たせ！　ごめん、ちょっと寝坊しちゃって……っ」

ぜーぜーと荒い呼吸を整えて頭を下げると、相手は「いいよいいよ」と手を振る。

「まだ間に合うし。落ち着いて」

朗《ほが》らかに笑ってそう言うのは、同じ大学の箕部奈々《みのべなな》である。同じ高校の彼女とは、初めて会ったときから意気投合し、気づけば同じ大学に進学していた。

二人ともA社にエントリーしたのは偶然だが、そうとわかったときも困惑より喜びが大きかった。

「就職まで一緒にできれば、もはや人生のパートナーだね！」と盛り上がり、甘いカクテルで乾杯したものである。

「あれ？　春子、コンタクト？　めずらしい！」

春子の顔をまじまじと見て、奈々は目を丸くした。

会ったときから黒縁眼鏡をつけていたのだから当然だ。

「ちょっと……思うところがあって……」

もごもごと言う春子に、彼女は親指を立てて片目をつぶった。

「うん。なんか眼鏡の時よりも垢抜《あかぬ》けたよ。いい感じ！」

その明るい反応にホッと息をつく。

趣味といえば読書くらいで、やや世間知らずの自覚がある春子とは対照的に、奈々は中学の時はギャルだった上、高校では校則で禁止されているアルバイトをしていたという、良くも悪くも社会経験の豊富なタイプである。

その奈々から褒めてもらえたことで、春子は慣れないコンタクトをつけてきてよかったと安心した。

　奈々は早速、会場に向けて歩き出しながら、周りに聞こえないよう小さな声で言う。

「なんかね、先輩から聞いた裏情報なんだけど、今回の採用では女子は一人しか取らないらしいよ」

「え、一人？」

　奈々はその顔の広さから、卒業生ともつながりがある。

　おそらくA社に就職したOGにもツテがあるのだろう。だとすればその情報は正確なはずだ。

（でもまぁ、ありうる……かな……）

　A社は大きな会社だが、基本は経験を積んだホテルマンの中途採用が多いという。新卒採用はせまき門なのだ。

「………」

　春子は奈々と顔を見合わせた。

　今回、最終面接まで残った学生のうち、女子は自分達二人だけである。

　つまり春子と奈々のどちらかが採用され、どちらかが落ちる……？

　その場に微妙な空気が流れた瞬間、奈々はこぶしを作り、元気な声で言った。

「一緒に就職する夢はかないそうにないけど、どっちが採用されてもお互い健闘を称《たた》えようね！」

「……うん」

春子はうなずいた。

しかし慣れないコンタクトをつけているせいか、一瞬、奈々の笑顔が歪んで見えた。

まるで心の中では春子の不合格を望んでいるかのように——ひどく醜《みにく》く歪んで見えてしまう。

(何を考えてるの……!?)

自分の考えが——いや、妄想が信じられず、春子はあわててそれを胸の底に押し込めた。

こういう状況になったからといって、奈々の気持ちを疑うなんて。彼女はそんな子じゃないのに。

いつだって、まっすぐで気持ちのいいキャラで、春子を元気にしてくれるのに。

会場に向かって歩きながら、心の動揺《どうよう》を落ち着かせようとするものの、脳裏に宇相吹の赤い瞳がちらついてしかたがなかった。

そして声が聞こえてくる。

彼女は、本当は春子の不合格を望んでいるのでは……？

胸がドキドキした。そんなはずない、といくら否定しても治まらない。

それは会場に入り、面接室の前の廊下《ろうか》で腰を下ろして待つ段になっても消えなかった。

まず最初に奈々が呼ばれ、部屋の中に入っていく。

おそらく彼女は、ふたまわり以上年上の面接官達を前にしても、臆することなく発言するだろう。

興味の幅も友人関係も広く、サークルやアルバイト、SNSでの交流などの様々な経験を通して、向上心と不屈の根性、何よりも協調性を身につけたことを、あますところなくアピールするだろう。

それに対して自分はどう太刀打《たちう》ちすればいいのだろう?

「では五番の戸村春子さん、どうぞ」

「……は、はい……っ」

呼ばれた瞬間、ビクリと肩がゆれた。

そして立ち上がった春子の目に、面接室から出てくる奈々の顔が映る。彼女はこちらを見て、笑顔を浮かべた。

「――――……!?」

それはこれまで見たことがないほど醜悪《しゅうあく》な顔だった。

もう勝ったも同然とうそぶく、自信に満ちた顔。

アピールするほどインパクトのある経験をしてこなかった春子を見下した顔。

優越感たっぷりのその笑顔に、春子は頭を殴《なぐ》られたかのようなショックを受けた。

（やっぱり気のせいなんかじゃない……！）

大学受験のときも、男社会の大学生活の中でも、就活《しゅうかつ》が始まってからも――これまでいつも二人で励《はげ》まし合ってきた。

でも彼女はいつもどこか春子の保護者然と振る舞うところがあった。それに春子が知らないことについて、「これは常識だよ」と上から目線で諭《さと》してくることもある。

もしかしたら、心の中では春子を自分より下に見ていたのかもしれない。

そして今、受かるのは自分だと言わんばかりの眼差しで見据えてくる。

（邪魔をすればそっこー踏みつぶす……。わたしはそれだけの存在でしかなかったんだね……）

初めて奈々を疎《うと》ましく感じた。けれど同時に、自分にないものをたくさん手にしている彼女が恐ろしくもある。

（いやだ。私、落ちたくない……！　ここは第一希望なんだよ。私はどうしてもこの、セレブが集まる華やかな場所で働きたいの……！）

泣きたい気分で奈々とすれ違った春子は、フラフラとした足取りで面接室に向かい、震える手で目の前のドアをノックした。

※

数日後。

いつものごとく春子がバイト先の古書店『MeMenTo Mori《メメントモリ》』で、本を読みながら店番をしていたとき、突然勢いよく店のドアが開いた。

横開きの、ガラガラガラ……というドアの音が、閑古鳥《かんこどり》のなく店内に響き渡る。

「いらっしゃいま、せ……」

声が途切れたのは、相手が奈々だったからである。おまけに彼女は、血相を変えてまっすぐにレジに向かってきた。

「奈々……？」

その剣幕に押されながらつぶやくと、彼女は物も言わずに、いきなり全力で春子の頬《ほお》を平手打ちしてきた。

「あんたサイッテー!!」

ビックリして声もない春子に、さらにたたみかけてくる。

「さっきA社の面接官が電話してきた。……あんた、わたしが昔、一度だけ万引きしたことがあるって、面接のときにチクったんだって？」

訴えてくる彼女の目に、大粒の涙が浮かび上がった。

「人を貶《おとし》めてまで採用されたかったわけ？　就職のためなら、あたしなんかどうでもいいってこと？」

「ちがっ、……ちがうの、聞いて！　面接官から、奈々といつどんなきっかけで知り合ったのか訊かれて、つい……」

高校の時、奈々と知り合ったのは、彼女が万引きした場面を春子が目撃し、後で注意したことがきっかけだった。しかしそれは家庭不和という事情があってのことで、奈々は家での苦しみを包み隠さず打ち明け、その長い話を春子が黙って聞き続けたことから、二人は友達としてつき合うようになったのだ。

つまり質問の答えとして、まちがいではなかった。

（そりゃあ……万引きのことを伏せて答えることもできたかもしれないけど……）

そうしなかったのは、面接前のあの不可思議な動揺があったから。

あの時どうしてか、奈々が春子を蹴落とそうとしていると思い込んでしまったのだ。

春子は気まずさを感じてうつむく。

「とっさに他の答えが思いつかなかったの。ごめん……」

「この卑怯者《ひきょうもの》!!」

その程度の謝罪では怒りが収まらなかったらしく、奈々はレジ越しにつかみかかってきた。

「あたしはあんたを褒めたんだよ!? 面接官に、同じ会社を受けるあんたのことをどう思うかって訊かれて、あの子はすごくいい子ですって……、褒めたのに……!」

春子の襟首《えりくび》をひねり上げ、バシバシ頭を叩いてくる。初めのうちは黙って耐えていたものの、執拗《しつよう》に叩かれ続けるうち、少しずつ苛立《いらだ》ちが募《つの》ってくる。

(被害者ぶってんじゃないわよ。万引きしたのは事実のくせに! この偽善者……!)

そもそも春子を褒めたのだって自分の点数稼《かせ》ぎのためだろう。友人を褒める性格の良い自分をアピールするのが目的だろうに、恩着せがましく言ってくるなんて……。

一方的に殴りつけてくる奈々をギッとにらみつける。――しかし。

奈々はひどく傷ついた顔で、両目からあふれる涙をぬぐおうともせずに訴えてきた。

「あたしがバカだったわよ! あんたなんかを信じたりして……!」

とたん、春子は心の中で彼女をののしったことを後悔する。

（悪いのは私なのに……私ったら……）

叫んで揉《も》み合う二人の横合いで、そのとき。

「おやおや……」

のんびりとした低い声が響いた。

「どうしたんですか？」

「う、宇相吹さん……っ」

「なによこいつ！」

「僕ですか？　まぁ……強《し》いて言えば、春子さんのカレシですかね？」

「────……!?」

しれっとした返答に、その場が凍りつく。

でたらめもいいとこだ。

春子は、盛大な誤解を招いて平然としている男の腕をつかんで非難した。

「ちょっと宇相吹さん……！」

だがしかし、春子にカレシがいることを知る奈々は、軽蔑《けいべつ》しきった目を向けてくる。

「あんた……マジで最低ね……！」

そしてこれ見よがしなため息をつくと、怒った足取りで店から出て行った。

ぼう然と立ちつくす春子の前で、宇相吹が首を傾《かし》げる。

「はて、僕がカレシだとそんなに最低ですかね……？」

「――――奈々……」

つぶやいて、春子は脱力したように椅子《いす》に座った。

今ならわかる。最終面接の前のあの動揺《どうよう》は、春子の勘違いだった。

そもそも、よく知っていたはずなのに。奈々は自分が採用されるために、春子の不採用を願うような子じゃないということなんて。

大ざっぱな性格ゆえ時々無神経な発言をするが、基本的にはまっすぐで正義感の強い子なのだから……。

「さて春子さん。今日も何かおごってもらえますか？」

空気を読まない宇相吹の問いに、憔悴《しょうすい》しきった気分で応じる。

「お願い……。帰ってください……」

「え？」

「帰って!!!!」

レジのカウンターの上で頭を抱え、春子は絶叫した。

宇相吹はさして残念そうでもなく「やれやれ……」とつぶやき、去っていこうとする。

頭を抱えた春子の視線の先で、彼はガラガラとガラス張りのドアを開け、軽くふり向いた。

そして肩越しにニヤリと笑う。

知っているぞと、言わんばかりに紅い目が輝く。

春子は否定するように大きく頭を振った。――奈々が不合格と知って、快哉《かいさい》を叫んでいる自分の本心を。


「ただいま……」

帰宅すると、母親が誰かと電話している声が聞こえてきた。

「そうなのよ！　うちの子、A社はもう受かったも同然なんて言ってるのよ？　まだ最終面接があるんだから油断は禁物って、わたしは言ったんだけどね？　なんでも同じ大学の先輩が人事にいるとかで、かなり有利みたい――」

（なによそれ……！）

それではまるで、先輩が不正に人事に介入しているように聞こえるではないか。自分は断じてそんなことを言ってはいないのに。

だいたい受かったも同然、とばかり振る舞っていたのは母親のほうだ。

「お母さん――」

ひと言意見しようと呼びかけるも、相手は電話に夢中になっていた。

「ウチの人はほどほどでいいってスタンスだったけど、あの子はそれじゃ物足りなかったみたい。え？　野心家？　やだわぁ、ちょっと！」

母親は手を振ってけたけたと笑う。その気楽さにもイラッとした。

両親が、大きな会社を狙う必要はないと言い始めたのは今年に入ってからだ。

去年までは一流企業のリストを春子に見せて、ここを狙うべき、いやここだ、とさんざん勝手なことを言いまくっていた。落ち着いて食事をとることもできなかった春子が、「まだ三年生なのにいい加減にしてよ!!」とキレて、「それ以上うるさいことを言うなら安心安定の公務員になる」と宣言したとたん、ぴたりと黙った。わかりやすすぎて笑ってしまう。

それでも事あるごとに「上司の娘はいい会社に入ったらしいけど、おまえならもっとすごいとこ狙えるだろうな」、「公務員はお給料がいまいちだから、あなたには向かないわよ」と、含みのある口調で言ってきた。

それは就活《しゅうかつ》を始めた春子が、第一志望がA社であることを告げるまで続いた。

（何だかんだ言って、思い通りに動かしたがるのよね）

そして期待に添おうとがんばったところで、結局彼らの自尊心を満たすためのネタになるだけ。

台所に行き、冷蔵庫からお茶のペットボトルを取り出す間にも、母親の自慢たらしい話は続き、モヤモヤとイライラがますます募っていく。

「……そうそう、山田《やまだ》さんはどうなってるの？　お嬢さん、去年ブラック企業に就職しちゃって大変だったんでしょ？　小さな会社だとそういうこともあるわよねぇ。……え？　もう辞めちゃったの？　それなら今何しているの？　アルバイト？　まぁぁぁ大変ねぇフリーターなんて！　ウチだったら絶対許さないわ～」

（なんなの!?　恥ずかしい親なんだから、まったく……！）

とめどない母のおしゃべりは、ざらりざらりと神経を逆なでてくる。

台所を出て自分の部屋に向かいながら、顔が自然にこわばっていく。

「ウチだって大変だったわよ～。国立大に入学させたから、就活のサポートとかで何かと気苦労が多くて。わたしもようやく肩の荷が下りた気分っていうか……」

春子は気づけば怒鳴りつけていた。

「やめてよ!!」

「な、なによ……」

突然の激昂《げっこう》に、母親は受話器の通話口を押さえて怪訝《けげん》そうにふり返る。

「合否のこと？　あなたが言ったんじゃない。面接はうまくいったからきっと合格するって……」

「やめて!!」

春子は手にしていたカバンを、ダイニングのテーブルに向けてたたきつけた。

クロスがずり落ち、上に載っていたものがすべて床に落ちる。

「何するの、春子！」

叱《しか》りつける母親の声を背に、春子は自分の部屋に飛び込み、ドアの鍵《かぎ》をかけた。

親の期待に応えつつ、自分の夢もかなえようとしている春子が今、どれほど苦労しているのか、少しも知らないくせに！

(だいたいサポートって何のこと？　そんなの受けた覚えない！)

大手企業の資料ばかりを目の前に並べて精神的に追い詰めることがサポートなら、ない方がマシだった。

そもそも大学に入学させたという言葉も正確ではない。

有名大学に入学できたのは、春子が死に物ぐるいで受験勉強を頑張ったからで――春子が優秀だったからであって、親のおかげなんかではない。

平凡すぎて何の役にも立たないことを恥じることもなく、子供の快挙をまるで自分の手柄のように言うなんて、どういう神経をしているのだろう?

(人の気も知らないで……!)

いや――

気持ちどころか、春子のことなど何ひとつ知らない。理解していない。

あの人達はただ、優秀な娘を産んだ自分がすごいと悦《えっ》に入《い》っているだけ。

(あんな自己愛ばっかり強い単純バカが私の親だなんて……!)

絶望し、うずくまる春子の頭の中では宇相吹が――赤い目がこちらをじっと見つめている。

※

それからの数日間を、春子は奈々への罪悪感と、嘘をついたわけではないという開き直りとを、交互に感じながら過ごした。

こういう形で自分だけが採用されたとして、胸を張って働けるものだろうか?

そう思う一方で、奈々が隠していた彼女の本性を、会社に教えただけだという思いもある。

どちらにせよ奈々と絶交状態の上に、彼女から話が広まったせいで、卑怯《ひきょう》な裏切り者として共通の友人達からそろって無視されるようになった。そうでない学生たちも、好奇に満ちた視線を送ってくる。

(私だけが悪いっていうの?)

反論はあったものの、口に出すことはできなかった。

せっかく作った『気のいい優等生』のイメージが、これ以上くずれるようなことはすべきでない。

「あ……」

学食で、一人でランチをとっていた春子は、スマホでウェブメールをチェックしていた際、A社から最終面接の結果を知らせるメールが届いているのを見つけ、一瞬にして血の気が引いた。

(どうして……!?)

面接会場では、合格者には電話で連絡すると言われた。つまりメールが来たということは――

（あんなに良い感触だったのに……！）

　震える指で受信したメールを開くと、予想通り不採用の通知だった。

『誠に遺憾《いかん》ながらご希望に添えない結果となりました。優秀な成績ゆえ最終面接までは前向きに検討《けんとう》致しましたが、友人の恥部《ちぶ》をこういった場で広める方は、弊社《へいしゃ》の求める社員の人物像にそぐわないと思われることから、採用を見送らせていただくこととなりました。』

「そんな……っ」

（そんなそんな……。……どうして!?　教えてやったのに！　あの子が隠していた本性を、教えてやったんじゃないの……！）

　つい先ほどまで、こんなやり方で採用されていいのかと悩んでいた。

　しかしまさかこんな結果になるなんて、思ってもみなかった。

　スマホをにぎりしめたまま、頭の中が真っ白になる。

　そんな春子の元へ、大きな足音がひとつ、近づいてきた。

「春子！」

　カレシの小西博人である。

　アイドルのような童顔をこわばらせ、博人はぼんやりした春子の目の前に立つ。

「奈々から聞いたんだけど、おまえ、俺がいるのに他の男とつき合ってんだって？」

硬い詰問《きつもん》口調に、春子は驚いて首を振った。

「そんなっ……ちがうよ、奈々は私とトラブったから、デタラメを言いふらしてるだけで……」

「じゃあ嘘なのか？　おまえがバイト先の古本屋の客で、赤い目の男といい雰囲気《ふんいき》だっていうのは……奈々が嘘ついてるだけなんだな!?」

「う、嘘じゃないけど……。ちがうの、あの人はただの興味本位で……」

もごもごとした言い方に、彼は細い肩をいからせる。

「興味本位で浮気すんのかよ！　最低だな！」

「博人！」

「死ねよ、クソビッチが！」

その瞬間、あたりがシン……と静まりかえった。

学食で——公衆の面前で言い放たれた侮蔑《ぶべつ》的なセリフに、春子の中でも堪忍袋の緒がブチッと切れる。

「はぁ？　ふざけんなよ！」

不採用へのショックも込めて大きな声を出すと、意外にも博人はひるむように一歩下がった。

「顔以外取り柄がないくせにえらそうなこと言ってんじゃないわよ！　留年ギリギリのバカが、あたしと釣り合うなんて本気で思ってんの⁉」

「は、春子……？」

「授業もろくに出ないで、テストは私が作ったまとめを暗記するだけ。就職どころか、カノジョがいなきゃ卒業も怪しいって皆に笑われて、私が恥ずかしい思いしてるんだからね！　あんたみたいに甘ったれのみっともないカレシ、いい加減うんざりなのよ‼」

学食中に響き渡る声でまくしたて――春子は自分達を包む静寂に、ハッと我に返った。

大勢の視線が集まっている。その中には、いつも親しくしている相手もいて……春子の剣幕に驚いたように目を丸くしている。

（………なにこれ……？）

集中する視線が痛い。

自分でも信じられない。大きな声で、こんなにひどいことを言うなんて。

凍りついた場から、春子は走って逃げ出した。

力いっぱい走って、息が苦しくなっても走り続け、首を振る。

（私……どうしちゃったの？　どうしてこんなことに……⁉）

自分でもわけがわからない。

あんなこと言うつもりはなかったのに。博人のことを好きだったのに。あんなふうに思ってなんか、いなかったのに——

（こんなんじゃみんなに嫌われちゃう……！）

思い返すと涙が出てくる。自分で自分の心がコントロールできないことへの恐怖の涙が。

走り続けた結果、どうやら大学を出てバイト先に向かっていたようだ。

『MeMenTo Mori《メメントモリ》』の近くまで来たところで、前方にぼさぼさ頭で黒いスーツ姿の男を見つけ、春子は飛びついた。

「宇相吹さん……！」

ずっと会いたいと思っていた姿を見たとたん、混乱の極《きわ》みに達してしまい、声を上げて泣きじゃくる。

「私……どうしちゃったの？　もう訳がわかんない……！」

涙でぐちゃぐちゃになった顔を、宇相吹は驚いた様子もなく、人差し指で持ち上げてのぞき込んできた。

「素敵な顔だ……。前よりもずっと」

「え……？」

謎のつぶやきと共に、くちびるに吐息がふれるほど顔を近づけてくる。見つめ合う赤い目が妖しく輝く。

「いいことをしましょうか……。貴女《あなた》の心が望む……最高のこと……」

「私が望む……？」

頭がくらりとするのを感じながら、鸚鵡返《おうむがえ》しにつぶやく。

※

一体どういう流れだったのか、気がついたら春子はホテルの一室にいた。

ベッドのきしむ律動的な音と、激しい息づかいに混じり、「あっ……あっ……」と春子の喘《あえ》ぐ短い声が小刻みに上がる。

宇相吹に誘われたら拒《こば》めないという予感はあった。今ならわかる。彼は、春子が手のかかる子供っぽいカレシから卒業するために必要な人だったのだ。

いつの間にか春子は、自立した大人に魅力を感じるようになっていた。

宇相吹は見た目がいいだけではなく、謎めいて、余裕があり、孤独な匂《にお》いのする、春子が思い描く大人の男そのものだった。

彼こそ、春子が博人から乗り換えるにふさわしい相手だ。奈々も、あんなことを言いふらしながら、実際には自分を羨《うらや》んでいたにちがいない。

彼女はいつもそうなのだ。自覚はないし、指摘されたとしても決して認めないだろうが、勉強以外パッとしない春子をマウンティングして下に見ようとする癖《くせ》が、まちがいなくある……。

(宇相吹さん……)

快感にとろりとうるんだ瞳を向ければ、相手は「はぁ……、はぁ……」とのぼせた顔で見下ろしてくる。

「いいよ……戸村君……、採用については……もう一度……考えてあげるから……、私に任せて……」

春子の足をつかんで開かせ、くり返し腰を打ちつけてくるのは、A社の面接で二回会ったことがあるだけの人事部の部長だった。

(あれ……?)

自分とあられもない行為に及んでいる相手を、夢の中にいるみたいにぼんやりとした頭で見上げる。

思っていたのとちがう。宇相吹は春子の望むことをしようと言ったのに。

（私……なんでこんなことしてるんだろう……？　これが……私の望んだこと……？　どうして……）

どうして？　決まっている。A社で働きたいからだ。

世界中の有名人が集《つど》うホテルは、自分にふさわしい職場である。

いつどんな場面でも、自信と誇りを持って自分の職業について話すことができる。それを聞いた相手は口をそろえて言うだろう。

『わぁ、すごいですね』『優秀なんですね』『有名人に会えるなんて羨ましい』

その想像は春子の自尊心を大いに満足させる。

そう。もっと褒めて。もっと褒めて。もっと尊敬の眼差《まなざ》しで見て。私は優秀なんだから。蔑《さげす》まれるのはおかしい。賞賛されてしかるべきだ。

せせこましい平凡な日常ではなく、世界的に一流の人々とふれあう、華やかな舞台こそ自分にふさわしい。

どこから見ても中年男にすぎない人事部の部長に、卑猥《ひわい》な恰好《かっこう》で揺さぶられながら考える。

（そうね……。確かにもし……この程度のことで不採用の決定がひっくり返るなら、安いものだわ……）

そう考えると、媚《こ》びる声までもれてしまう。

「部長ぉ……」

相手は「わかってるよ……」とうなずき、熱に浮かされた口調でつぶやいた。

「君は優秀な子だ……決して悪いようにはしないから……私を信じて……」

その返事を信じたかった。これまでの——見たいものだけを見る春子なら、信じていたはずだ。

しかし——されるがままになって男の目を見上げるうち、期待に熱を帯びていた春子の心は少しずつ冷えていく。

（嘘だ……あれは適当な嘘をついている目……。採用なんて覆《くつがえ》らない……ただ私を弄《もてあそ》んでいるだけ……）

なぜだろう。わかるようになった。人の本心が。

宇相吹の赤い目を見て、心を奪われてしまった、あの時から。

きっと春子は変わってしまったのだ。

「変わったのではありませんよ」

ギシギシとうるさくきしむベッドの脇から、仄暗《ほのぐら》い声が聞こえてくる。

見れば、宇相吹はゆったりとソファに腰を下ろしていた。足を組み、まるで実験動物でも見るような眼差しで、こちらを眺めている。

その赤い瞳を、春子はすがる思いで見つめた。

「ねぇ……宇相吹さん。あたし……どうなってるの？　あたしが今まで見ていた『澄んだ世界』はどこに行ったの？」

自分を包む世界は、もっと美しいものであったはずなのに。

自分は世界に対して、もっと謙虚だったはずであるのに。

薄皮を一枚剝《は》がしただけで露呈した、この醜悪《しゅうあく》さは何だろう？

宇相吹は「やれやれ……」と応じた。彼はそこにいるだけだった。決して踏み込むことをせず、しかし去ることもなく、そこにいる。

「こういうことになるから僕はプライベートで人とは関わらないんですよ……。貴女も世の中も、何ひとつ変わってなんかいない。貴女は元々友人を蹴落《けお》としたいと思っていたし、親に不信感を抱いていたし、彼氏をつまらない男だと思っていた」

「そんなことない……」

否定する言葉は虚《むな》しく響き、ハァハァとあえぐ部長の声にかき消された。

何よりも春子自身、宇相吹の言う通りであると感じていた。

「貴女は知ってしまったのです。知らなくていい『本当の自分』を……」

彼はくちびるに薄い笑みをはく。

そのとき春子は、宇相吹の赤い瞳を翳《かげ》らせている深い闇に気づいた。見つめ続けてきた人の世の醜《みにく》さが、澱《おり》のように溜まっていき、いつしかあの不可思議な眼差しを昏《くら》く輝かせるようになったのだ。

彼の呑《の》み込んだ闇は、美しいだけの世界で生きる人間の心を惹《ひ》きつけてやまない。

「あなた……いったい何者なの？」

「僕は宇相吹正《ただし》。……殺し屋です」

「殺し……屋……」

「楽しかったですよ、貴女のような素敵な女性と一時でもお付き合いできて。たまには仕事を忘れるのもいいものだ」

まんざら社交辞令でもなさそうな口ぶりで言い、彼はゆっくりとソファから腰を上げた。

「実は貴女の勤め先の古書店に僕の仕事のファイルを隠させてもらっていたのですが、貴女とこれでお別れになるなら、ファイルは別のところへ隠しますね。それでは……」

「待って……っ」

部屋のドアへ向かおうとしていた宇相吹は、春子の顔を目にして、ふと足を止めた。

「おや？　まさか貴女……どなたかの死をお望みで……？」

「――――……」

問いに答えず、ただ黙って赤い瞳を見据えていると、彼は目元をふと和《やわ》らげた。

そしてつぶやく。さも愉《たの》しそうな口調で。

「……愚かだね……人間は……」

※

ベラドンナの中でドンドンと響く大きな音は、非常階段にまでかすかに届いてくる。

冷たい鉄の踊り場に並んで腰を下ろし、夏美はハルコの話に聞き入っていた。

幼少期のいじめの経験によって、容姿と才能に優れた自分を隠すことを覚え、そのおかげで平穏な日常を送っていたものの、宇相吹に会って本当の自分を暴かれてしまったということだ。

誰よりも自己愛と自尊心が強く、それを理解しようとしない周りを見下していた本性を。

ハルコは小さく自嘲《じちょう》する。

「私は知らなくてもいい自分を知ってしまった……。そして行く当てを失い、あなたと同じ、宇相吹に導かれてこの店に……」

語尾を曖昧《あいまい》にごまかし、彼女は肩をすくめた。

「余計なこと話しちゃった。もう行くわ」

腰を浮かし、店内に戻ろうとしたハルコを、夏美は呼び止める。

「ちょっと待って下さい。それでハルコさんは、いったい誰の死を宇相吹に依頼して……？」

殺したい相手がいるのかという宇相吹の問いに、彼女は何と答えたのか。

おそらくはそれが、彼女がこの店に流れてきた一番の理由なのではないか——

追及しようとした夏美の前で、ハルコはドアを開けて半身だけふり返る。そして青い目を細めてニィッと笑った。

「知らなくていいこと……なんじゃない？」

首をのけぞらせるようにしてそう言うと、青く塗ったくちびるから、ボロボロになった歯がのぞいた。

「…………っ」

フロアでは美しく妖艶《ようえん》に見えていたハルコの、思わぬ現実の姿に息を呑む。

古書店で働く女子大生だった彼女の身に何があったのか——それ以上訊くことは、とてもできなかった。

言葉を失う夏美を笑みを含んだ眼差しで見つめ、ハルコはするりと猫のような身のこなしで店内へ戻っていく。

暗くてうるさい——都合の悪いものは何もかも隠してしまうフロアに戻り、ハルコは誰にともなくつぶやいた。

「知らなくてもいいこと……」

第三章　知りたい欲求のはて

空気もだいぶ肌寒くなった十月のある日、松岡末久《まつおかみく》はやや心細い気分で家路を歩いていた。

高校二年生。帰宅部。彼氏なし。毎日、友達に会うために学校に行き、放課後はみんなで遊ぶのを楽しみにしているだけの学校生活だ。

今日もいつものように、下校してから仲の良いグループでファストフード店に寄った。するとなんと、仲間の一人に彼氏ができたことが発覚し、すっかり盛り上がってしまった。みんなで恋バナに夢中になったのは楽しかったが、おかげで気がついた時にはだいぶ遅い時間になっていたのである。

(ママに迎えに来てもらえばよかったかな……)

最寄り駅の改札を出ながら、ちらりとそう考える。

駅から自宅へは徒歩十分ほど。通い慣れた道だが、途中、工事現場の続く場所は明かりが乏《とぼ》しく、人気《ひとけ》がないため、正直なところ夜になってから一人で歩きたい雰囲気《ふんいき》ではない。

とはいえこの歳《とし》になって、駅まで母親に迎えに来てもらうのも少し恥ずかしい。

(せめてコートを着てるとよかったんだけど……)

そう。通学中のため、未久は学校の制服を身につけている。それも心細さをいや増す原因だった。世の中には女子高生が好きだという変態も多いらしいから。

そう考え、心の中で気を引き締めた、そのとき。

ヒタヒタと不審な足音が後ろで聞こえた気がした。

気のせいかと思ったが、息を殺して背後を探ったところ、確かにヒタヒタと意図的に忍ばせている足音がする。

（誰かがついてきてる……？）

そんな不安から、後ろをふり返ろうとした瞬間、未久は飛びついてきた何者かに背後から羽交《はが》いじめにされた。

「――――……っっ!?」

そのまま工事現場の物陰に引っ張り込まれ、胸をわしづかみにされる。制服の上から胸を揉《も》みしだいていた手はやがて下がっていき、スカートの裾《すそ》をめくり上げるや、下着の中にまで潜り込んできた。

（襲われる……!!）

パニックになった意識の片隅でそう考えた。しかし突然の凶行に完全に身体《からだ》がすくんでしまい、ろくに抵抗もできない。

せり上がる恐怖に溺《おぼ》れそうな心地でいると、ふいに「やめろよ！」という声が背後で響いた。

聞き覚えのあるその声に、未久は目を瞠《みは》る。

（嵯峨《さが》野《の》君……!?）

まっすぐでよく響く男らしい声は、クラスメイトの嵯峨野圭太《けいた》にまちがいない。

バスケ部のキャプテンで友達の多い、クラスの人気者。声だけでなぜわかるかというと、未久の憧れている相手でもあるからだ。

彼が止めに入ってくれたらしく、背後で犯人と揉み合う気配がした。すると犯人は未久を力いっぱい突き飛ばす。

その勢いで未久は傍に積まれていたブロックに頭を強く打ちつけ、地面に転がった。

「あう……っ」

衝撃で、ほんのしばし意識を失っていたようだ。朦朧《もうろう》とする中、地面に這《は》いつつ顔を持ち上げると、暗がりでふたつの影が揉み合っているのが見えた。そして――

ふいに片方が腹部を押さえてしゃがみ、そのまま倒れ込む。直後、もう一人の男が慌てて走って逃げていった。

いやな予感がした未久はふらふらと立ち上がり、うずくまって横たわる人影に近づいて行く。

スマホのライトをつけて相手を照らした未久の喉《のど》から、うめき声がもれた。

「…………嵯峨野……君……？」

腹部を押さえて丸くなり、べったりと赤い血に汚れた手を力なく投げ出しているのは、まさに今日、一緒に授業を受けていたクラスメイトだ。

未久は悲鳴を上げてその肩を揺する。

「嵯峨野くん！　大丈夫？　しっかりして……！」

がくがくと揺さぶられ、彼はわずかにくちびるを震わせる。

「……松……岡……」

未久は無我夢中でスマホを操作し、救急車を呼んだ。

十分もたたずにやってきた救急車によって、彼は速やかに病院に搬送されたが、その時点ですでに呼吸は停止していた。

病院でも手の施《ほどこ》しようがなく、まもなく死亡が確認されたという報が、翌日のホームルームで担任の教師から伝えられた瞬間、未久はその場に泣きくずれたのだった。

※

「ナツミ、……ご指名よ。いい？」

ステージでのＳＭショーを終え、裏で道具を片づけているところにハルコがやってきた。黒いレザーの警帽におさえられた銀のボブ。青のカラーコンタクトに、麗《うるわ》しくも毒々しい紫色の口紅。水着のように扇情《せんじょう》的なボンテージが、今日もため息が出るほどよく似合っている。

夏美は笑みを浮かべてうなずいた。

「いいけど……誰？」

「あなたのご主人様の一人よ。大畑《おおはた》さん」

「あぁ……」

耳にした名前に、つい不承《ふしょう》不承《ぶしょう》な本音がもれてしまう。ハルコはくすくすと笑って去っていった。

ナツミがベラドンナで働き始めてから一ヶ月が経っていた。一見《いちげん》の客には見せない店の真の姿も理解している。

ベラドンナは、表向きはステージでセクシーなダンスやショーを披露し、リクエストがあれば客席でのパフォーマンスにも応じるＳＭバーを謳《うた》っているが、その実、ボンテージの衣裳を身につけた女との性行為をも提供する非合法の風俗店だった。

何回か通い、店側と信頼関係を築いた常連の客だけが、裏のサービスを受けられる仕組みである。

ナツミはSMに関しては素人《しろうと》だったため、知識と技術の必要なS役は務まらず、ショーの際には主にM役にまわる。そのため自然にSっ気の強い客がついていった。

売春に関しては風俗時代の経験もあり、大抵の客の要望に応えられることから、人気はまずまずである。

最近よく指名してくるのは、定年間近の大畑という男だった。

どこかの会社で部長職にあるという大畑は、尊大で人を見下したところのある、やたら自信家の男だった。夜の店にくり出して遊ぶのが趣味で、その際、店の女達からいかにモテるかという武勇伝を吹聴《ふいちょう》する癖《くせ》がある。さらには外の女の気配をわざと家庭に持ち込み、妻を泣かせていることを自慢する。

（ほんと最低な男……）

うんざりとした気分で、夏美は道具を収めたケースを決められた場所に戻し、九センチのピンヒールで立ち上がった。

大音声《だいおんじょう》の響くフロアを横切ってテーブルに向かうと、大畑はわざわざ自分の隣にスペースを作って手でたたく。

「男をたぶらかす、けしからん尻をここに置け。後でオレが鞭《むち》でビシビシ打ちすえてやるぞ！」

ガハハハ！　と笑う大畑の横に、夏美は渋々腰を下ろした。

加齢臭《かれいしゅう》か、あるいは不摂生《ふせっせい》がたたっているのか、大畑はいつも、腐敗した油のような臭《にお》いを漂わせている。とにかく近くにいると気分が悪くなる。

（本音を言えば反吐《へど》が出るほどきらい。とはいえ……）

客をえり好みできる立場ではない。しかたなく毎回、卑猥《ひわい》な注文を笑顔でかわし、代わりにS心を満たす言葉を尽くして褒めちぎることで気分良く酒をしこたま飲ませ、酔わせて帰すのが常だった。

一時間ほどたった頃、夏美がタイミングを見計らってタクシーを呼んだ旨《むね》を知らせると、べろべろに酔っ払った大畑は千鳥足《ちどりあし》で席を立つ。

「まぁた来ぅるよぉぉ、ナツミぃぃぃ」

ろれつの回らぬ口調で言い、「今度こそやらせろよぉぉ」とがなりたてながらフラフラと店から出て行く。夏美はテーブルを片づけるのに忙しいふりで、店の中からそれを見送った。

その後、別の客を外まで見送ったS嬢が戻って来て、小首を傾《かし》げる。

「大畑さん、あんたの呼んだタクシーじゃなくて、自分の車で帰ったみたいよ。大丈夫かしら、あれ?」

　やや心配そうな声に、夏美は飲みながらベタベタさわられた感触を思いだし、顔をしかめて応じる。

「知らないわよ」

　飲ませた上に車を運転させて帰すのは法律に反しているだろうが、元々非合法の店だ。それがどうしたというのだ。

　イライラした気分でカウンターに戻り、大畑のボトルを棚《たな》に戻していく。

　そこへ、ハルコがふらりとやってきた。

「タクシーに乗らなかったなら、事故っても自己責任よぉ」

　仕事の後なのか、ファンデーションが汗に浮き、マスカラもにじんでぼやけてしまっている。熱っぽくうるんだ瞳がなまめかしい。

　青いカクテルの入ったグラスを、彼女は夏美に向けて掲《かか》げた。

「今月、もう病院行った?」

　ハルコはショーで夏美とコンビを組むことが多く、他のSM嬢よりも関係が深い。仕事上の真似事《まねごと》とはいえ、S役とM役の間には特別な絆《きずな》が生まれるのだ。

　ハルコはベラドンナに入ってからSMを学んだらしいが、今では麻縄の緊縛《きんばく》も、鞭打ちも蠟燭《ろうそく》も、何より場を盛り上げるための演技も、お手の物。

いずれS役もこなせるようにと練習に四苦八苦している夏美を、何かと気にかけてくれる。

「病院って？」

訊き返すと、「あら」青い瞳を意外そうに見開いた。

「誰からも聞いてない？」

それによるとベラドンナの従業員は月に一度、性病検査で病院に行くことが義務づけられているのだという。もちろん費用はすべて店持ち。

女を消耗品《しょうもうひん》のように扱う業界の店にしては律儀《りちぎ》なことだ。

（ひと月に一度っていうのが少しうっとうしいけど、タダで検査できるのはありがたいか……）

頭の中ですばやく計算していると、ハルコがカクテルグラスに口をつけながら言った。

「まだなら明日、一緒に行かない？」

※

翌日、夏美《なつみ》はハルコと新宿《しんじゅく》駅で待ち合わせ、電車で神奈川県まで移動した。

夏美はニットセーターにワイドパンツというごく平均的な装《よそお》いだが、ハルコはゴシック調の黒いワンピースだった。おまけに銀色のボブである。

いつもの青いカラーコンタクトはつけていないといえ、雰囲気《ふんいき》だけでやたら目立つ。

そう言った夏美を、彼女はおもしろがるように見つめた。

「あんたはまだほんとの自分を知らないのよ。だからとりあえず周りに合わせてるの。生き方も、スタイルも」

「そうかな？　ベラドンナで働いてる時点で一般からは浮いてると思うけど……」

「ならあんたここで大声で言えるの？　アタシはＳＭバーで働いてますーって」

（ここで……？）

電車の車内を見まわし、言葉を詰まらせる。

「……ベラドンナを恥ずかしく思うわけじゃないわ。むしろ好きよ。居心地いいし」

言い訳めいた夏美の返事を、ハルコは気にする様子もなくうなずいた。

「知ってる。私もよ。……たぶん世の中のほとんどの人間は、本当の自分のことなんか知らないし、そんなこと考えもしないで生きてるのよ。それが普通なの……」

次第に緑が多くなってくる窓の外の景色を眺めながら、彼女は誰にともなくつぶやく。

「知らないほうが幸せでいられるしね……」

電車を降りると、今度は駅前でバスに乗り、住宅街を抜けて山の麓《ふもと》へと向かっていく。やがてひとつの停留所でハルコはバスを降りた。

「はぁ、着いた。ここよ」

新宿駅から一時間ほどかけてたどり着いたのは、古びた病院だった。周りに緑が多いのは、環境がいいというべきか、不便な立地というべきか判断に迷う。まるで学校の校舎のような、飾り気のないデザインだが、敷地内はよく手入れされた小ぎれいな雰囲気だ。

「毎月ここに通ってるの？」

「そ。私の行きつけなの」

そう言って、ハルコはひびの入った鉄筋コンクリートの建物に入っていった。つられて夏美も続いたが、どうも想像していたのとはちがう佇《たたず》まいに、きょろきょろしてしまう。

平日の昼間のせいか、もしくは単純に流行《はや》っていないのか、患者の姿はまばらだった。

来たばかりだというのにハルコがトイレに行ってしまったため、夏美は先に受付をすませ、そのまま性病検査を受けることになる。

婦人科にある検査室に向かおうとしたとき、ようやく戻って来たハルコを見かけて声をかけた。

「もう受付すませちゃった」

「わかった。私もすぐ行くわ」

そう言いつつ、彼女は受付とはちがう方向に廊下《ろうか》を曲がっていく。

しかし彼女の挙動不審は今に始まったことではない。夏美は気にせず検査室に入った。

一時間ほどでひと通りの検査項目を終えて出てくると、婦人科の前の待合室には誰もいなかった。ハルコはまだ検査中のようだ。

手持ちぶさたになり、並べられた長椅子《ながいす》のひとつに腰を下ろす。傍《かたわ》らにはテレビが置かれ、低い音量でバラエティ番組が流れていた。

見るともなくそれを眺めているうちに掃除《そうじ》のおばさんがやってきて、水にぬらしたモップでリノリウムの床を拭き始める。

つなぎのような水色の作業服を着て、同じ色の帽子をつけたおばさんは、ふとした瞬間に目が合うと、モップを動かしながら近づいてきた。

「こんにちは。いいお天気ですね～」

人なつこい笑みを浮かべて話しかけてくる相手に、夏美も会釈《えしゃく》を返す。

「……こんにちは」

「門のところにある花壇《かだん》で、山茶花《さざんか》が咲き始めたんですよ。もう見たかしら？」

「いえ……気がつかなくて……」

「いい香りだから、帰りにぜひ見ていって」

「はい……」

戸惑いがちに返事をすると、暇なのか、そのまま勝手に世間話を始めてしまった。

「最近風邪《かぜ》が流行《はや》ってるじゃないですか。うちのスタッフもみ～んなやられちゃって。残ってるのは比較的若い人たちばっかりで……。あ、私もまだ四十代だから、うちの会社の中ではかなり若いほうでしてね……」

「――そうなんですか。大変ですね……」

適当に相づちを打ちながら少し驚く。

(四十代……？　それにしてはずいぶん……)

おばさんの髪の毛は白髪が目立ち、くすんだ肌には皺《しわ》が目立つ。てっきり六十歳前後だと思った。何かよほど苦労があるのだろうか……。

まじまじと眺めていると、今度はテレビの料理コーナーを指さして言う。

「今年は白菜や大根が高いと思わない？　あれ、夏に長雨があったせいなんですって。根本が腐っちゃったりして、全部植え替えなきゃならなかったって、スーパーの人が話してたわ」

「困りますよね。これから寒くなったら鍋《なべ》の季節なのに……」

適当に合わせて答えるうち、ふとひとつの思い出が脳裏《のうり》をよぎる。

いつだったか、好きな食べ物を訊いたときに雅之《まさゆき》が答えたのだ。

『好物は……う～ん、鍋かな。肉も野菜もたっぷりの、具だくさんな鍋が好きなんだ』

彼と出会ったのは春だったから、もう鍋の時期は過ぎていた。だから冬になったら作ると約束した。

雅之はひどく嬉しそうな顔をして言った。

『その頃には、夫婦になってるんだな。俺たち』

「――――……っ」

ふいに目頭《めがしら》が熱くなった。

掃除のおばさんの、とりとめのないおしゃべりは続いている。他愛《たわい》もない主婦の世間話。

自分には縁遠い世界だ。

ずっと風俗の世界で暮らし、雅之と婚約してひと月もしないうちに矢崎《やざき》の事件が起きて、そしてベラドンナに流れてきた。日の当たる世界で暮らせたのは、ほんの一瞬。

ほんの短い時間だった。

（でも……幸せだったなぁ……）

初めて自分の居場所を得た気分だった。

買い物をして、家事をして、時々散歩して……何ということのない平凡な時間がひどく愛《いと》しかった。

「それだけじゃなくてお味噌なんかも合うのよ、これが。意外でしょ？　……あら——」

おばさんが言葉を切る。夏美の頬《ほお》に伝う涙に気づいたのだ。

彼女は隣に腰かけると、はげますように力を込めて、そっと肩を抱いてきた。

「人生色々あるよ。……ね」

ことさら励《はげ》ますわけでもなく、諭《さと》すわけでもない。

ただ優しく寄り添う言葉に、悲しみが癒《い》やされていく。

その時、ようやくハルコが検査室から出てきた。

「終わった〜。お待たせ……どうかした？」

「ううん」

怪訝《けげん》そうなハルコに首を振り、夏美は服の袖《そで》で涙をぬぐいつつ、おばさんに会釈をして立ち上がる。

おばさんはほほ笑んでうなずいた。

ハルコと共に会計をすませて病院を出ると、門のところに花壇があるのを見つけた。確かに花がきれいに咲いている。植物にはくわしくないが、おそらく山茶花だろう。

『いい香りだから、帰りにぜひ見ていって』

おばさんの言葉を思い出し、しゃがんで香りを嗅《か》いでみたところ、とてもいい香りがした。

「どうしたの?」

怪訝そうなハルコの問いに笑みがこぼれる。

「なんでもなーい。……フフ」

ひと月に一度検査をするということは、また来月、あのおばさんに会えるかもしれない。

そう思うと、少しだけ楽しみができた気がした。

※

ベラドンナの裏口のドアを開いたとき、夏美はぱらぱらと小雨が降っていることに気づいた。

夕方になって冷え込んだと思ったら、いつの間にか降り出していたらしい。けれどこの涼しさは、火照《ほて》った肌に気持ちいい。

非常階段でひと息ついていると、下からカンカン……と足音が聞こえてきた。首をのばして見れば、黒いスーツ姿の男が昇ってくるところである。

こちらの視線に気づいた彼は顔を上げ、赤い目を向けてきた。

「おや、夏美さん……」

「宇相吹《うそぶき》さん……」

独特の存在感を放つこの男と二人きりで会うのは一ヶ月ぶりである。

雅之が殺された後、矢崎の家で会って以来。その間に夏美の生活は驚くほど変わった。

あの後も宇相吹は時折ベラドンナに姿を見せている。しかしプライベートの彼は、誰かと個人的に親しくなることが決してない。

夏美とも時々顔を合わせるものの、挨拶《あいさつ》以上の言葉を交わすことはなかった。

(この店を紹介してくれたことには感謝してるけど……)

彼をどう思っているかと問われると難しい。

夫となるはずだった人を死に至らしめた相手——しかし憎んでいるかといえば、そうとも言いきれない。

雅之にも思いがけない真実があり、それが悲劇を引き起こしたと知った今、宇相吹を恨む気持ちは薄れていた。

むしろ今は、どちらかといえば、この謎めいた男に対する興味のほうが勝《まさ》る。

そのせいで多くのものを失ったハルコの話を聞いたというのに気にならなかった。

今の自分には失うものなど何もない。その奇妙な自信が彼への好奇心を後押しする。

「大丈夫ですか？　顔が青いみたいですけど、寒いんじゃ……」

小雨とはいえ、濡れてしまったようだ。ぼさぼさ頭の髪の毛がところどころ額に貼りついている。

そして相変わらず、足下にはたくさんの猫がいた。

彼は猫を見下ろしながら、のんびりと返す。

「駅に着いたら降ってたんですけど、傘を買うお金がなくて……」

その言葉を証明するかのごとく、ぐうぅと彼のお腹が鳴る。

「このところ金欠で、一週間ほど水だけで生きているので……」

「……それ、近々死ぬわよ？」

夏美は大きくため息をついた。

しかし内心では笑いをこらえる。他人の心の奥底まで読み、多くの人を破滅へと導いてきた男が、金欠でお腹を鳴らす？　おまけに傘もないなんて。

「僕もそう思います……」

頼りなくさまよう赤い瞳に見下ろされ、不覚にも胸がきゅんと音を立てた。

放っておけるわけがない。

「何か食べて体温を上げないと、すぐに風邪を引くわよ。ちょっと待ってて……」

夏美は店の中に戻ってコートをはおり、タオルと傘を持ってふたたび外に出ると、タオルを男の頭に向けて投げた。

「本当に死なれたら寝覚めが悪いし、今日だけ特別にご馳走《ちそう》してあげる。……ファミレスでいい？」

「はい……」

ゆっくり非常階段を下りていくと、宇相吹は普段の、どこか人を拒《こば》む雰囲気《ふんいき》が嘘のように、おとなしくついてくる。

（なんとまぁ……）

ハルコが昔話の最中に語っていた、飢餓《きが》状態の彼に「食事」の二文字を出せばふたつ返事で乗ってくるという話は本当だったのだ。

駅前のファミレスに入った夏美は、隅の窓際の席に腰を下ろした。人の目も耳も届きにくい場所である。

夏美としては、耳目《じもく》をはばかる話をするかもしれないという用心でもあったのだが、その必要はまったくなかった。

宇相吹はろくに会話をすることもなく、目の前のステーキをがつがつとたいらげている。ハルコから聞いていたため予想はしていたが、ここまでしゃべらないとは思わなかった……。

夏美は自分用に頼んだ小さなパフェをかきまわしながら、ぱらぱらと雨の降る暗い外を眺める。

「私……最近よく、自分はどんな人間なのか考えるのよね……」

宇相吹が聞いてても、聞いていなくてもかまわない。そのくらいの気分で、どこへともなくつぶやいた。

ハルコは、彼と関わったことで本当の自分を知ったという。

それは決して本人の望む形ではなかったかもしれないが、……だが彼女は幸せだ。自分が何者であるのか、求めるものは何なのか、はっきりと知ることができたのだから。

夏美には自分がよくわからなかった。

雅之との一件で宇相吹と関わったというのに、なぜかわからないが、いまいちつかめていない気がする。

「不思議ね。自分のことなんて、何でもわかっている気がするのに、いざ考えるとよくわからないの……」

謎かけのようなつぶやきをもらす。と、しばらくたってから宇相吹が短く答えてきた。

「――言葉」

「え?」

「自分の耳がとらえる言葉に心を澄ますことですよ……」

そう言うと宇相吹は席を立つ。

「ごちそうさまでした」

「あ、ちょっと……っ」

伝票を手に取りあわてて席を立ったものの、その時にはもう彼はテーブルを離れていた。食事を終えたらもう用はないとばかり、一人でさっさと店を出て行く。店の外で思い思いくつろいでいた猫たちがその後を追っていく。

「もう……」

どうやら雨は上がったようだ。悠然《ゆうぜん》と歩き去る背中を眺めるうち、ふとあることを思いついた夏美は、財布から充分なお金を出してテーブルに置き、急いで店を出た。

(たしかこっちのほうに……いた!)

黒いスーツ姿は、日が落ちかけた夕方は追いかけにくい。しかし逆にこちらの姿も隠してくれるはず……。

その予想はまちがっていなかった。夏美はそのままこっそり宇相吹の後をつけ始める。

そして見ていると、彼はまずコンビニに寄った後、公園に向かった。そこで猫たちに餌《えさ》をやり始める。

（あきれた。自分は一週間水だけでも、猫の餌は買うの……？）

それが終わると、今度はベンチでしばらく本を読んだ。退屈しきった夏美が帰ろうかと思ったとき、ようやく動き出す。

しかしそれから何をするかと言えば、街中をフラフラと歩き、電話ボックスの下を見てまわるだけ。

その動きはのんびりしているというか気の抜けた感じで、素人目《しろうとめ》にも隙《すき》だらけに見えた。

（本当にあの人、殺し屋なの……!?）

映画やドラマの中で見る殺し屋とはあまりに隔《へだ》たりがあり、狐につままれた気分になる。

（どうしてかしら？）

矢崎の部屋で会ったときは、彼の言う殺し屋という職業にすんなり納得することができた。それは彼のまとう、日常とかけ離れた異様な空気のせいだった。

今の彼からはそれがまったく感じられないのだ。

（私の気のせいだった……？）

首をひねりつつも後をつけるうち、宇相吹はひとつの電話の前で立ち止まる。どうやらメモを見つけたらしい。メモに目を通した彼は、ふっと口許《くちもと》をほころばせた。そして猫たちを引き連れ、どこかにまっすぐ歩いて行く。

（きっと「仕事」だわ……っ）

夏美は期待に胸が高鳴るのを感じながら後を追った。

十分ほど歩いた後、宇相吹はガード下で足を止める。そこには一人の女が彼を待ち構えるように立っていた。

四十代の半ばか。身につけているものは普通のアンサンブルとストレッチパンツだが、佇《たたず》まいにも顔つきにも、病的に思い詰めた末の暗い何かが感じられる。

彼女を前にしたとたん、宇相吹の雰囲気は遠目にもわかるほど、はっきりと豹変《ひょうへん》した。冷たく陰惨《いんさん》な――赤い闇が彼を包みこみ、日常の景色とは相容《あいい》れない存在へと際立《きわだ》たせていく……。

そんなふうに、夏美の目には見えた。

「中岡剛士《なかおかたけし》……息子を殺したクソ野郎を殺して！」

女はそう言って、一枚の写真を宇相吹に渡す。

暗がりであるのと、離れていたため女の顔はよく見えないが、それでも押し殺した口調からは般若《はんにゃ》のような怒りが伝わってきた。

夏美はごくりと息を呑《の》む。

女は宇相吹に向け、低く地を這《は》う声音《こわね》で淡々と事の次第を説明した。

「その写真に写っているのが中岡よ。いかにも頭の悪そうな不良でしょう？　ウチの息子は、学校の帰りにたまたま、同級生の女の子が暗がりでそいつに襲われているのを見かけて……、助けようと止めに入って、ナイフで刺されて殺されたの……」

息子の身に起きた突然の悲劇に、女はいてもたってもいられず私立探偵を雇い、警察の捜査を探らせた。そして警察が現場近くのコンビニで働くアルバイト店員の中岡を、容疑者として目をつけたことを突き止めたのだという。

私立探偵によると、中岡は高校を中退した札付《ふだつ》きの不良で、ケンカやカツアゲでナイフをちらつかせることも日常茶飯事《さはんじ》であったため、被害者の嵯峨野圭太がナイフに刺されて死んだと聞いた際、警察はすぐに中岡のもとに向かった。もちろん中岡は白《しら》を切ったが、その後で近くの店の防犯カメラを確認したところ、女子高生や被害者とほぼ同じ時間に通り過ぎる中岡の姿が映っていたため、ほぼまちがいないと容疑を固めたのだという。

「今日明日にでも逮捕状が出るっていう話だったわ。でも……逮捕されちゃ困るのよ。そうでしょ？」

ウフフ……とおとなしやかに笑い、女は宇相吹を見上げる。

「逮捕なんかされたら、あの生ゴミに思い知らせることができなくなっちゃうもの……」

「なるほど……」

宇相吹は、女の目をのぞき込み——やがて満足そうにクスッと笑った。

「いいでしょう……。受けますよ……」

軽く言って踵《きびす》を返す。そのまま歩き去る彼の背中に向けて、女は悲痛な叫び声を張り上げた。

「あの強姦魔《ごうかんま》を、息子よりもっとずっと苦しめて殺して！」

宇相吹はその後、駅に向かった。電車に乗って現場に行くのだろうか。

夏美は見つからないよう密かに後を追ったものの——改札の手前で、彼はふいに足を止めた。

「夏美さん……お店はいいんですか？」

独り言めいたつぶやきにぎくりとする。

「き、気づいてたの……!?」

こんなに多くの人が行き交っている場所だというのに。

驚いて立ちつくす夏美をふり返り、宇相吹は静かに言った。

「何をしているんです？」

まっすぐに見据えてくる赤い瞳に、ばつの悪い思いを感じながら、ごまかし笑いを浮かべる。

「た、たまたまよ。たまたま見かけたから、そういえば宇相吹さんのプライベートって知らないなぁって思って……」

「それでファミレスから公園、ガード下までついてきたんですか？　長いたまたまですね」

「そ……そんな前から……気づいてたの……？」

後ろに目でもついてるのだろうか。

のんきなことを考えながら、夏美は降参する気分でもごもごと言い訳をした。

「こんなこと言うと……バカだと思うだろうけど、私……最近あなたのことが気になってるの」

まるで想像がつかないからこそ、気になってしまうのだ。

宇相吹はどんなふうに生きてきたの？　普段はどんな暮らしをしているの？　家族は？　恋人は？

自分が幸せに固執して過ちを犯したように、彼にもまた、我を失わせるものがあるのだろうか。

謎めいたこの男の真実を、ほんの少しでいいから知りたい――

しかし宇相吹は、できの悪い冗談を聞いたとでも言いたげに、クク……と喉《のど》の奥で笑う。

「本気ですか？　自分の夫になるはずだった相手を殺し、人生を転落させた僕に？」

「それは宇相吹さんのせいじゃない！」

夏美は反射的に首を振った。なぜかかばう口調になるのが自分でも不思議だった。

ただ、自分の人生をくるわせたのがこの男だとは思えない。

「雅之さんとのことは……私達がお互い余計なことを知りすぎて、自分達で崩壊を招いただけ。私はあなたに知りすぎることの恐ろしさを教わった。でも私、性懲《しょうこ》りもなく知りたいの。今度は……あなたのことが……」

好奇心は、人間が持つ最も不徳な欲望かもしれないと語ったのは誰だったか。

知りたいと願う気持ちには果てがないのだ。

そこには理屈もなく、善悪の別もつかない。

それなのに——理性ではどうしても止めることができない。たとえその先にまた、望まぬ真実が隠されているのだとしても。

宇相吹は、やれやれとばかりに肩をすくめる。そして夏美に背を向け、歩き出した。

「勝手にして下さい」

※

中岡剛士は、中学の頃から不良と呼ばれるグループに属し、好き勝手やってきた。

誰も自分に逆らわず、教師すら避けて通る毎日は、中岡や仲間達を増長させるのに充分だった。当然高校でも同じように徒党を組んでいきがっていたものの、義務教育の中学とちがい、高校は度の過ぎた犯罪行為に目をつぶることがなかった。

酒に酔って盗んだ原付バイクを乗りまわし、事故を起こしたことで退学になった中岡は、仲間内では勇者と呼ばれたが、以来五年間、コンビニのアルバイト店員として、ケチな店長の下でうだつの上がらない毎日を送っている。

現在二一歳。週六で働いても収入は微々たるもの。毎月の家賃と生活費でほとんど消えてしまう。加えて酒とパチンコが趣味ともなれば、金は常に足りなかった。

金、金、金……世の中、金がなければ始まらない。

時々、カモになりそうな子供を見つけては、ちょろっと脅《おど》して巻き上げることもある。もちろん罪悪感などない。親の金で食ってる連中に世間ってものを教えてやっているだけだ。だいたいナイフをちらつかされたくらいで財布を出すほうが悪い。

だが――

ここ二日間、中岡はずっと不安に怯《おび》えて過ごしていた。

いつも威嚇《いかく》のために持っていたナイフで、二日前の夜、学生を刺してしまったのだ。

あの時自分はしたたかに酔っていた。久しぶりに中学校時代の先輩と再会し、おごってくれるというので、すぐ近くの居酒屋で早くから飲み始めたのだ。

九時近くになって夜勤の仕事に行くという先輩と別れ、一人で帰路についた。そして

……その後の記憶は定かではない。

だが気がついたときには――

(あの感触が手から消えない……。もし警察がやってきたら……俺が何と言おうと……)

職場であるコンビニのレジの中で悶々《もんもん》と悩みつつ、中岡は自分の手をじっと見つめる。

あの後、ナイフは川に捨てた。

自分は悪くないとか、殺すつもりはなかったとか、言いたいことは色々ある。

しかし刺した相手はどうやら死んだらしい。そんな状況で、どこまで聞いてもらえるものか……。

「あのぅ……」

気がつくとレジの前に客がいた。上から下まで黒一色のスーツ姿の男である。

陰気なぼさぼさ頭のその男は、牛乳パックを一本、レジに押し出してきた。

（なんだこいつ、ホストかよ……）

舌打ちをしたい気分を押し殺し、中岡はいかにもやる気のない手つきで会計をした。

「……一五〇円ッス」

客はおとなしく小銭を出してレジに置く。その際、「おや」とのんびりとつぶやいた。

「それ……だいじょうぶですか……？」

「え？」

何のことかと顔を上げ、ぎくりとする。

ぼさぼさの黒髪の奥から、特異な赤い目がのぞいていたのだ。

視線が重なったとたん、ぐらりと眩暈《めまい》を感じる。

「貴方《あなた》の手、血まみれじゃないですか」

赤い目が中岡の手元に落ちた。つられて自分の手を見下ろし、中岡は喉の奥で「ひっ」と息を呑《の》む。

「うあああぁぁ！」

絶叫が店内に響き渡った。

いつのまにか自分の手が、深紅のインクをぶちまけたかのように真っ赤に染まっていたのだ。

べっとりとこびりつくそれは心なしか生臭《なまぐさ》く、ぬめぬめしている。

（血？　これ、血ィィイ!?）

とっさに自分が刺した高校生のことを思い出し、中岡はただただ恐怖に声を張り上げ続ける。

「あぁぁあぁぁ！」

恐慌状態になる中岡の目の前で、黒いスーツの男はにやりと笑うと、牛乳パックの入ったビニール袋を手に去っていった。

中岡はその男にかまうこともなく、レジ脇の洗面台で必死に手を洗った。しかしなぜか血はまったく落ちない。

「なっ、なんで？　どうして？　これは……まさか、あのガキの血……!?」

あの後、しっかり洗ったはずなのに。まだ残っていたのか？

こすればこするほど面積を広げていく血の汚れに、すっかりパニックになってしまう。

そんなことは現実に起きるはずがないにもかかわらず、その血は、あの時の高校生のものに思えてしかたがなかった。

「なんでだよぉぉぉ、なんで落ちないいんだよぉぉぉぉ……！」

「どうしたの？　中岡君」

ただならぬ様子を察してか、バックヤードから店長が出てきた。

ぽかんとしている店長に、中岡は血で染まった両手を見せる。

「店長！　こんなんなんで、今日は帰ります！」

「え？」

突然のことに度肝《どぎも》を抜かれたのか、店長はぽかんとしている。その前から脱兎《だっと》のごとく走り出し、中岡は自分のアパートに向かった。

（マズイマズイマズイマズイ……！）

こんな手で歩いていては、すぐ警察に通報されてしまう。

全速力で走って帰り、アパートの玄関に飛び込むや、中岡は風呂場に急いだ。そしてそこにあった、タイル用のたわしをつかんで自分の手を力いっぱいこすり始める。

だがそれでも、血は一向に落ちる様子がなかった。

こすってもこすっても、濃密で生臭《なまぐさ》いにおいがついてまわる。

「なんで……なんで……っ、どうすれば……！」

ふと鏡を見ると、首元にまで血が広がっていた。

「うぁぁぁぁぁ!!」

あわててシャツを脱いで鏡を見れば、まるで血を浴びたかのように全身が血まみれになっている。

「なんでだよぉぉぉぉぉ!?!?」

泣き叫びながら、中岡は手にしたたわしで全身をこすり始めた。力を込めて、くり返し、懸命にこすりたてる。しかし幾度こすっても血は消えなかった。

身体《からだ》中からしたたった血が、筋を作って排水溝に流れ始める。筋の数は次第に増えていき、やがてひとつの太い流れを作った。

小さな肉片が飛び散る浴室の中、やがて力尽きた中岡はとうとう血の泉の中に倒れ込む
——

※

物陰に潜む夏美に気づいているだろうが、宇相吹は気にしないそぶりで依頼人の女と対峙《たいじ》していた。

依頼を受けたのと同じ、ガード下の暗がりである。

時折、頭上を電車が通過する轟音《ごうおん》の響く中、彼は女に淡々と報告した。

中岡の部屋から異様な悲鳴が上がったため、張り込んでいた刑事が乗り込んでいったところ、浴室で血まみれになった彼の遺体が発見されたこと。

たわしで全身をこすっての失血死だったこと。

警察は、罪の意識からパニックに陥《おちい》っての自殺と結論づけるようだということ……。

女はクマの目立つ憔悴《しょうすい》しきった表情の中、瞳だけをらんらんと輝かせてそれに聞き入っていた。

「これでよかったんですよね？」

最後に宇相吹にそう問われ、深くうなずく。

「ええ、……後悔はしていない。息子を殺した罰を死で償《つぐな》ってもらっただけよ！」

怒りと憎しみに震える手をにぎりしめた彼女に、宇相吹はさらに問いかけた。

「貴女《あなた》は自分の心の奥深くにある『無意識』と会話したことがありますか?」

「……え?」

女は意味がわからなかったようだ。夏美も首を傾《かし》げた。

(無意識と会話……?)

そんなことが可能なのだろうか?

怪訝《けげん》な思いで聞き耳を立てる夏美にも聞こえる声で、宇相吹は続けた。

「人間の意識には、五感から得た膨大《ぼうだい》な情報のほんの一部しか上がってこないんです。すべての情報が意識に昇らない理由は二種類ある」

ひとつは無意味な情報のせいで意識に負担をかけないよう、無意識が余計な情報量をカットするため。もうひとつは、無意識下では気づいているものの、表の心に知らせてはいけない情報を眠らせておくため。

「これを『知覚的防衛』と言います」

宇相吹はくちびるの両端を持ち上げ、意味ありげな微笑を浮かべた。

「こんな実験があります……。たとえばユダヤ人にとってのハーケンクロイツなど、不吉な図柄を様々な無意味な図柄の中に混ぜて、5分の1秒というギリギリ知覚が認知できるスピードで次々提示し、後でどんな図柄があったかを被験者に聞いたところ、不吉な図柄だけ思い出すことができないという被験者が大勢いたのです……」

「見えているのに……見ていない……？」

怪訝そうな女の声に宇相吹はうなずいた。

「その通り。無意識下では確実に認識していたことでも、都合の悪い情報は意識に上げず、あたかも初めから見ていなかったかのように隠してしまう。もし……息子さんの普段の何気ない言葉や行動の中に、見たくない不都合なものが含まれていても……貴女の無意識はその情報を隠していたのでしょう……」

「は？　な……なにが言いたいの？」

おかしな実験の話を急に息子に結びつけられ、女は困惑をにじませて視線を揺らす。

宇相吹はそんな彼女に向けて一歩踏み出した。

「知らなければ幸せに生きていられる……人間にはそんなことが沢山《たくさん》ある……ということです」

彼がそう言ったとたん、見つめ合っていた女が目を瞠《みは》る。

離れたところからのぞいていた夏美にも、彼の赤い瞳が禍々《まがまが》しく輝くのが見えた。

その後、女は足下をふらつかせて二、三歩下がる。

「とにかく……あの子の仇《かたき》は取ったわ……。わたし……」

ぶつぶつとつぶやきながら、彼女は頭を抱える。その様子は傍目《はため》にも、復讐を果たして生きるための気力を取り戻したようには見えなかった。

(さっきの話は、ようするに……人は自分の見たくないものから目をそらす習性があるってことよね……?)

いったいこの先にどんな真実が待ち受けているのか――

不吉な予感を覚えながらも、夏美は結末を見届けたいという好奇心の誘惑に抗《あらが》うことができなかった。

※

松岡未久は恐怖を感じていた。

三日前、帰宅途中に何者かに物陰に引きずり込まれ、それを止めに入った嵯峨野圭太が不幸にも命を落としてしまった。

未久は被害者として周囲からの同情に包まれ、「早く忘れたほうがいい」と多くの人から声をかけられた。しかし……忘れようとすればするほど、自分の中で「もう一度よく思い出せ」という声が大きくなる。

事件が起きたときは、混乱しきっていたこともあり、断片的にしか状況をつかむことができなかった。そのため警察に事情を聞かれた際にも、その断片をつなぎ合わせた主観的な証言をしてしまったが……。

時間が経って気持ちが落ち着いてくると、本当にそれが正しかったのか、迷いが生まれた。自分がとんでもない思いちがいをしているような気がしてきたのだ。

事件の日、男に後ろから羽交《はが》いじめにされ、暗がりに連れ込まれた。その直後、「やめろよ！」という声が聞こえた。そして突き飛ばされた拍子に頭を打ってしばらく朦朧《もうろう》としていた……、気がつくと二人は揉《も》み合っていた……それは確かだ。

また「やめろよ！」の声は、まちがいなく嵯峨野のものだった。

（でも――）

あの声は、自分のすぐ耳元で聞こえたのではなかったか。

その後、嵯峨野がうずくまり、見知らぬ男が逃走するのを目にして、とっさに「逃げていく男」が自分を襲った犯人だと思い込んでしまった。……しかし。

（もしかしたら……犯人は……）

モヤモヤとした不安が胸をさわがせる。

学校に行く気にもなれず、駅前の広場のベンチに座って、もう一度よく思い出そうと足下のタイルを見据えていた未久の視界の中に、——そのとき、黒い靴《くつ》が入ってきた。

誰かが前に立ったのだ。

顔を上げると、相手は黒いスーツに身を包んだ長身の男だった。ぼさぼさな前髪の合間からのぞく赤い目が、おもしろそうに見下ろしてくる。

「何か思い出したことはありますか?」

「……誰?」

「嵯峨野君のお母さんが雇った……探偵のようなものです」

「探偵……?」

いぶかしい思いで見上げていると、彼は薄い笑みを浮かべたまま言った。

「実は先ほど、嵯峨野君を刺し殺した犯人が亡くなりました。貴女を嵯峨野君の魔の手から救ってくれた男がね」

「——……!?!?」

そのとたん、頭の中でひらめくものがあった。

(そうだ……!)

自分の中でずっと燻《くすぶ》っていたモヤモヤの正体がはっきりする。

頭を打ちつけ、薄れていた意識の中で交わされていた、二人のやり取りである。

知らぬ男の声が「ぎゃははは！」とおかしそうに響いた。

「てめぇなに痴漢《ちかん》なんかしてんだよ！　……いいっていいって。だまっててやるから金よこしな！　したら消えてやっからよぉ」

それに対し、嵯峨野の舌打ちと、殴《なぐ》る音が聞こえる。そして走り去ろうとする足音。

が、しかし。

「てめぇ、やりやがったな！　逃げんなコラァ！」

逆上した見知らぬ男の声と共に、路上に転がっての揉み合いが始まる。

そして——

その後は、意識がはっきりしてから目にした通りである。

腹部を刺され、嵯峨野はくずれ落ちた。見知らぬ男はあわてて逃げていき、未久は嵯峨野に駆け寄った。

「嵯峨野君が……私を……襲った……」

そんなバカな、と思う。人気者の嵯峨野が、なぜそんなことをするのか。

しかし一方で納得する思いもある。

近くに住んでいるわけでもないのに、彼はなぜあんなところに居合わせたのか。

それに……学校では、半年前にも強姦《ごうかん》事件が起きていた。日が落ちて暗くなってから、女子生徒がバスケ部の部室に引きずり込まれ乱暴されたのだ。暗闇の中での犯行ということもあり、結局犯人はわからずじまい。しかし場所が場所だけに、バスケ部の部員なのではないかという強い疑惑が残った……。

芋《いも》づる式に色々と思い出した未久は、ぼう然とつぶやく。

「そんな……」

「嵯峨野君のお母さんは、心の奥底では気づいていたのかもしれませんね……。でもどうしても真実を見つめる勇気がなかった。……バスケットボール部のキャプテン、皆の人気者。そんな自慢の息子が性犯罪を犯すだなんて絶対あり得ない。いや、あってはならない」

「やめて……っ」

未久は両手で顔を覆《おお》って首を振った。

憧れていたのだ。

いきいきとバスケをプレーする姿に。教室で友達と笑いふざける声に。性格の悪いクラスの女子が未久に嫌がらせをしたとき、「やめろよ」と意見してくれた、まっすぐな眼差《まなざ》しに……。

しかし黒ずくめの男は、容赦《ようしゃ》なく現実を暴いてくる。

未久を強姦しようとした本当の犯人は嵯峨野圭太で、彼の母親もそれに薄々気づきながら、息子を刺した男を犯人ということにして……そして、おそらくは死に至らしめた。

でなければ、嵯峨野を刺した男がこのタイミングで死ぬなどありえない。

（なんて……おぞましい……！）

「だから嵯峨野君のお母さんは……すべてを消してしまおうとしたんです……」

「すべてを消す……？」

謎めいた男の言葉を耳にして、未久はぞっとした。

思わず両手でおおっていた顔を上げる。

「ま、まさか……私を……？」

すがる思いで訊ねると、男は「僕もそうなるかと思ったんですけどね」と、さらりと言った。

「が、ちがいました。……死にましたよ、お母さん。……自殺です」

「え……!?」

「貴女《あなた》を殺して、世間的に息子の性暴力の証拠を消しても、母親の心の中にはいつまでも貴女を強姦しようとした息子の幻影が残り続ける。それがどうしても受け入れられなかったんでしょう……。彼女は究極の『知らんぷり』を決め込んだわけです」

「――――」

こちらを見下ろす赤い目を、未久は息を詰めて受け止めた。

「彼女は真実を知らないまま命を終える選択をした……」

息子はバスケの得意な好青年。悪いのは息子を殺した男――

あくまでもそう信じたまま、彼女はこの世を去った。

今なら息子を奪われた失意による衝動的な行動と、世間の同情も集まるだろう。

(でも……、でも……)

被害者である未久の、怒りと恐怖はどこに向かえばいい？

真犯人は嵯峨野で、彼の母親がほとんど逆恨みで人を一人殺したと知ってしまった今、この釈然としない気持ちをどうすればいいのだろう？

彼らが、美しい母子として人々の記憶に残ることが、どうしても納得いかない。

くちびるを噛《か》みしめる未久の前で、男は肩をすくめる。

「……今や事件の真相を知るのは貴女だけだ。真相を白日《はくじつ》の下《もと》に晒《さら》すか、すべてを闇に葬《ほうむ》るか……。僕には関心がない。後はお任せしますよ……」

「………」

その突き放した言い方に鼻白む。

真実を主張したところで、証拠がないのでは誰にも信じてもらえない。

むしろ助けてもらっておいて恩知らずなことをすると、非難されて終わりだろう。

それでも本当のことを話すか。あるいは聞かなかったことにして、このまま生きていくか。

（そんなこと――）

「どうしてわざわざ教えに来たの？」

気づけば未久の不満は相手の男に向かっていた。

知りたくなかった。知らなければ、こんなやり場のない気持ちを抱くこともなかったのに。

「そんなこと、知りたくなかった……！」

踵《きびす》を返し、さっさと去っていく男に向けて全力で叫ぶ。

それでも悠然《ゆうぜん》と歩く男を、どこからともなく現れた女が追いかけていくのが見えた。

※

女子高生のもとを立ち去る宇相吹について歩きながら、夏美は彼女の悲嘆《ひたん》を自分の身に重ねていた。

まじめで優しく、これまでに出会ったどんな男性よりもステキに見えた雅之に、予想外の性的な倒錯《とうさく》があったことはひどく衝撃的だった。

風俗で働いていた夏美でさえ気づくことができなかったほど、歪んだ欲望は巧妙に隠されていた。

人の本当の姿など、そうそう見えやしないのだ。

しかし、そう考えるのと同時に、頭のどこかで声がする。

（……本当に？）

雅之は本当に何もシグナルを発していなかったのだろうか。

単に夏美が、シグナルを捉えていたにもかかわらず、彼に限ってそんなはずがないという思い込みゆえに見過ごしていただけなのでは？

もし夏美が彼の真実に気づいていたなら、あの悲劇を避けることはできただろうか……。

駅構内の雑踏の中、夏美は前を歩く宇相吹の横に並んだ。

「『知らなければ幸せでいられる』……あなたに関わって以来、そんなキーワードを何度も耳にしてる気がするけど……どうして？　わざとなの？」

彼は前を向いたまま、何でもないことのように答える。

「それは『選択的注意』というやつじゃないですかね？　貴女の心に引っかかる言葉……その言葉を貴女が自分から選んで、無数の会話の中から拾い上げてくるんですよ」

「私……いつも雅之さんに、自分のことを認めてもらいたいと思っていたの。人に認めてもらっていると安心していられた。今もその衝動は強くなっていく一方なの。なんでそんな自分になったのか……自分で自分がわからないんだけど……」

病院に行くときにハルコと会話を交わして以来、夏美は自分について知ろうと試みていた。

しかし漠然《ばくぜん》と探ったところで心には果てがなく、複雑で――そして何か、探ってはならないモノがあると気がついた。

（その正体は……わからないけど……）

おそらく自分の中にも何か、宇相吹の言うところの『知覚的防衛』――無意識のうちにふれることを避けているものが、ある。そう感じるのだ。

それこそが、人から認められたいという強い欲求の根源になっているのではないか……。

夏美の自己分析に、宇相吹は軽く笑った。

「たった今、真実を知ることの悲劇を見たばかりでしょう?　たとえ自分の心の中であっても、すべてを知ればいいってもんじゃありませんよ……」

「でも……!」

夏美は取り合ってくれない相手の腕をつかむ。

「ずっと不安なの……。雅之さんが死んで……私を認めてくれる人はいなくなった。でも、自分でそうしようとしても……考えれば考えるほど、自分が何者なのか……わからなくて、すごく不安なの……」

恋人を失い、信じていたものがすべてくずれ落ちて。

一人で立とうとあがいてみたものの、自分をつかむことができない。知りたいのに、知ってはならないという無意識に阻《はば》まれてその先に進むことができない。

そして……雅之と知り合う前から抱えていた心の隙間《すきま》が、絶え間なくさみしさを訴えてくる。

途方に暮れる思いで、夏美は黒いジャケットの背中にすがりついた。

「こんな時は、誰かに認めてもらいたい。……私を必要としてもらいたい……!!」

自分で自分を認めることのできない夏美には、他に方法がないのだ。

三十分後、夏美は最初に目について入ったラブホテルのベッドの上で、懸命に腰を振っていた。

自分の下に横たわる黒ずくめの男を見下ろし、彼を自分の中に受け入れて快楽を共有する興奮に溺《おぼ》れる。

「はぁっ、はぁ……っ。どう？　すごいでしょ？　宇相吹さん！　すごいって言って……！」

奥の奥まで彼でいっぱいにされて、これまでになく身も心も満たされているような気がする。

彼に認められているような気がする。

彼に必要とされ、欲しがられている……ような気がする。

もっともっと認められたい。求められたい。そんな欲求に命じられるまま、夏美はこれまでのどんな仕事の時よりも熱心に、持てるだけの技術を駆使して腰を動かした。

「私を認めて……お願い——お願い、宇相吹さん……！」

ている。

※

夏美の嬌態《きょうたい》を、宇相吹は部屋の隅で眺めていた。

昏《くら》く輝く赤い目の見つめる先――ラブホテルのベッドの上で、彼女は一人で快感に震えている。

自分が求めるものに貪欲《どんよく》な彼女は、宇相吹がそれに見向きもせずにいると、その現実から目を背けた。欲しいものを、自分で自分に与え始めたのである。

なりふりかまわぬ無意識には苦笑するしかない。

「フフ……。現実と向き合うことを恐れ、目の前の快楽に溺《おぼ》れようとする様……まるであの時の夜目《やめ》刑事を見ているようだ。彼女も僕に抱かれたと思い込んで……。そういえばそのこと、多田《ただ》刑事には伝えていなかったなぁ……まぁ今さら、知らなくてもいいことか……クク……」

まったく人間は興味深い。

眺めているうち、夏美はひときわ高い声を張り上げ、絶頂に達した。恍惚《こうこつ》とした表情は満たされた喜びに蕩《とろ》けている。……それがただの幻とも知らずに。

「どうしても……自分を知りたい……か……」

自分が何者だかわからない……そこから生まれる承認欲求を、何者だかわからない相手に求める愚《ぐ》に、彼女はいつか気づくだろうか。

(でも……それでもお手伝いしますよ。貴女《あなた》が本当の自分を知りたいというのなら。なにしろ貴女はいまもなお、僕の依頼人なのだから……)

宇相吹は一人、静かに部屋を出る。

「愚かだね……人間は」

第四章　真実の行方

秋の空気は肌寒い。特にこんなふうに山に近い場所では。

バスから降りるなり、夏美《なつみ》は身につけていたカーディガンの前を合わせて腕を組んだ。

古い建物の中に入ると風がなくなり、涼しさがやわらぐ。

ホッと息をついた夏美は、受付の後に婦人科に向かい、そこにいた相手に声をかけた。

「こんにちは、おばさん」

青いつなぎの制服を着た掃除《そうじ》のおばさんが、「おや……」とふり返る。

「こんにちは。今日もいいお天気ですねぇ」

「山茶花《さざんか》、咲きましたね。さっき門の花壇《かだん》で見ました」

「そうなのよ。今は金木犀《きんもくせい》も盛りで……」

夏美は、検査のためにこの病院に来ると必ず、この掃除のおばさんに挨拶《あいさつ》する。彼女との不思議な交流は、初めてこの病院に来たときからずっと続いていた。

お互いよく知らないにもかかわらず、親しみを込めて話してくれるため、なんとなく居心地がよいのだ。

そもそも現在、夏美は髪を白金に染めている。そんな夏美と、店の外でこんなふうに気軽に言葉を交わしてくれる相手はそうそういない。

「髪、のびたわね」

ニット帽からのびる白金の髪を眺め、おばさんがしみじみと言う。

「よくいっしょに来てた銀髪の人も目立ってたけど……」

「あぁ……ハルコさんは……引っ越したの」

「まぁそう。親しい人がいなくなっちゃうのはさみしいわねぇ」

夏美が初めてこの病院に来てから――いや、ベラドンナに入ってから二年が過ぎた。

その間に店の女はほとんど入れ替わってしまった。

元々夏美と同じようなワケありの女が、一時的に身を寄せる類《たぐい》の店である。二年も身を置いているほうがめずらしいのだ。

ハルコもある時ふいに姿を消した。「病気なの。治療しないと」と話していたが、それも真実かどうかわからない。

ベラドンナで長く働くうち、夏美は「知らないでいること」の大切さを感じるようになった。

知らないから笑える。

知らないから耐えられる。

知らないから生きていられる……。

世の中にはそういう真実が無数にある。そもそも日常とは脆《もろ》く危ういもので、細心の注意を払わなければ壊さずに維持するのが難しいものなのだ。

そう気づいてからは、以前のようにどうしても真実を知りたいという欲求を持つこともなくなった。

それは、この病院がハルコの行きつけではなかったことを知ったときも変わらなかった。病気と聞いたため、この病院にかかっているのかと思って婦人科の医師に訊ねてみたのだが、ハルコの初診の日は夏美と同じ日であったこと、検診以外の診察は受けていないことが判明しただけであった。

彼女がなぜ、行きつけなどと適当なことを言って、夏美をここに連れてきたのかはわからない。

だがしかしそれも今では「知らなくてもいいこと」だ。

「さみしいわよ。会いたいのに、会えないっていうのは……」

掃除のおばさんが、モップをかけながらつぶやく。

夏美は言葉の意味にふと思い至り、慎重に声をかけた。

「娘さんのことは……何もわからないの？」

相手はだまってうなずく。その目はひどく哀しげだった。

まだ四十代の彼女がいつも孤独そうで老けて見えるのは、行方《ゆくえ》不明の実の娘がいるせいだということを最近知った。彼女が自分から話してくれたのである。

『結婚しないで子供を産んだんだけど……やっぱりシングルマザーじゃ育児どころか、食べていくのすら難しくて……』

小さな肩を落として彼女は言った。

しかたなく施設に預けたものの、働いても働いてもお金は貯まらず、迎えに行くことができずにいたところ、十八歳になった娘は施設から出て行ってしまったのだという。

『たぶん母親に愛想を尽かしたんだろうね。誰にも連絡先を教えていかなかったのよ……』

それ以来、彼女は娘を捜しているのだという。

その話を聞いて、夏美は少しだけ嬉しくなった。おそらく、彼女にとって軽々しく口にするような内容ではなかっただろうから。

打ち明けられたことで、彼女に認めてもらえた気がしたのだ。

そう、「誰かに認めてもらいたい」という夏美の欲求は、相変わらず自分の中で膨らみ続けている。

いくらベラドンナで人気のSM嬢として働いているといっても、店が終われば客は去る。夏美の存在は彼らにとって幻でしかない。

自分がここにいることの意味を、必要性を、誰かに与えてもらいたい。

夏美は切実にそう感じていた。

（できれば彼に……）

しかし彼――宇相吹《うそぶき》はラブホテルでの一夜以来、ベラドンナへの来訪がぱったり途絶えている。

もう二年間も、ずっと会えずにいる。

何を隠そう、夏美がずっとベラドンナに留まり続けたのは、もう一度彼に会いたいから。

ただそのためだった。

※

だからその日――
ベラドンナの扉が開いたとき、入ってきた客を目にして、夏美は息を呑《の》んだ。
全身黒一色のスーツ姿。細身の長身の上に、ぼさぼさ頭の、よく見れば整っている顔。
何よりも印象的な赤い瞳――。

（宇相吹さん……‼）

夏美の胸は張り裂けそうなほどに高鳴った。

二年間、ひたすら待ち続けていた。その相手がようやく現れたのだ。

「ちょっとごめんなさい……」

客に断って席を立つ間にも、目は玄関に向いてしまう。

目の前の客を放り出し、夏美は足早に玄関へ向かった。

宇相吹を知らない店の女の子たちを押しのけて近づいたものの、彼のほうはといえば、この二年間のことなどなかったかのように、ごく平然とした様子で夏美に目を向けてくる。

そこには再会の興奮どころか、喜びすらも見出《みいだ》すことができなかった。

待っていたのは――会いたいと思っていたのは自分だけ。

そう気づかされ、一人で感動する気持ちを、営業のテンションのように装《よそお》う。

「キャ――‼　宇相吹さん、お久しぶり――‼」

大げさにはしゃぐ夏美に、ボンテージ姿の女の子たちもノリよく合わせてきた。

「いらっしゃいませ～。ナツミさんのお知り合いなんですかぁ？」

「お二人様ですね？　こちらへどうぞ～」

（二人？）

それまで宇相吹しか目に入っていなかった夏美は、その時になって、彼の横にもう一人客がいることに気づく。

扇情《せんじょう》的に肌をしめつける、黒いレザーのボンテージ姿の女達に囲まれ、その客は慣れない素振《そぶ》りできょろきょろとあたりを見まわしていた。

（あれ……？）

挙動から初めての客かと思ったが、夏美は相手に見覚えがあることに気づく。

（お、大畑《おおはた》さん……!?）

まちがいない。宇相吹の影に隠れて、所在なげに立っているのは、夏美の大嫌いな客だった。

尊大な態度で周囲を見下し、夜の街で風俗の女と戯《たわむ》れるのを趣味としている自信家の男。常にいやな臭《にお》いを漂わせ、さわられるだけで鳥肌の立つ思いだった気持ちの悪い客。

いつの頃からか店に来なくなってホッとしていたというのに。

（一番最後は……そう、べろんべろんに酔って帰った、あの夜だったかしら……？）

確か二年前。宇相吹が来なくなった頃と同じくらいだ。

注意してよく見ると、大畑は以前とは雰囲気《ふんいき》がまったく異なっていた。

おどおどとした目つきで店を眺め、夏美のことにも気づかない。というよりも、まるで会ったことがないといった様子である。

いぶかしく思って宇相吹を見ると、彼は言った。

「『新規』のお客さんですよ」

赤い目には意味ありげな光が浮かんでいる。

何か事情があるのかもしれない。

夏美は彼の期待を裏切りたくない思いから、その振りに合わせることにした。

ボンテージから露出した肌を押しつけつつ大畑に抱きつく。

「ナツミでーす！　おじ様、お名前は？」

以前の大畑なら、まちがいなくニヤケ顔で悦《えつ》に入《い》っただろう。しかし今の大畑は顔を真っ赤にして、たじろぐように宇相吹をふり向いた。

「ちょ……待ってください！　う、宇相吹さん、ここは一体……？」

宇相吹は「フフフ……」と含み笑いで答える。

「安心して下さい、大畑さん。ナツミさんは『色々』知っていますから」

赤い瞳が「ね？」とでもいうように夏美を見る。

（色々……？）

正直、彼が何を言っているのかはわからなかった。が、その真意をつかもうと必死になる。

　宇相吹は自分に何か大事なことを頼もうとしているのだ。おそらくは『仕事』に関する何かを。

　そう感じて興奮に震える。

「ええ、心得てますから。安心して」

「よかった」

　夏美に向けてうなずいた後、宇相吹は大畑に向き直った。

「どうぞすべてを忘れて……最期の夜を楽しんでください」

（最期の夜？　どういうこと？）

　不思議な言葉に首をひねるものの、大畑もまた神妙な面持《おもも》ちでうなずいている。

「……はい……」

　意味深なやり取りの後、宇相吹は大畑を残し、一人で店から去っていった。

　夏美は大畑に抱きついたまま、耳に息を吹きかける。

「さぁ、大畑さん。なんだか暗い顔だけど……元気出して」

　抱きしめた男の身体《からだ》が、おののくように震えるのがわかった。期待しているのだ。

（いいわよ……）

宇相吹は自分に何かの使命を残した。他でもない、自分に！

それが嬉しくてたまらない。彼に選ばれ、彼に必要とされているのだということが。

ぞくぞくする気分で大畑を見る。この男を快楽に導くのが宇相吹の求めだというのなら、やってみせよう。

夏美は紫色に塗ったくちびるを舌舐《したな》めずりして、ウィスキーを満たしたグラスを渡す。

「いやなことは全部忘れさせてあげる……。私が♡」

そして誘いかける眼差《まなざ》しで艶然《えんぜん》とほほ笑んだ。

鼻をつく饐《す》えた油のような臭いには、気がつかないふりで。


店内は相変わらず、ごく抑えられた照明と、明滅するフラッシュライト、そして大音量のクラブ音楽で日常とかけ離れた空間を演出している。

大畑は、ドン、ドン、ドン……と腹の底に響くクラブ音楽にややひるんでいるようだ。

席につき、酒を飲み始めてからも、しばらく落ち着かないそぶりだった。

以前は終始傲慢《ごうまん》で、キャバクラのように店の女の子を複数はべらせ、ボンテージの衣裳の中に無遠慮《ぶえんりょ》に手を突っ込んでくる男だったというのに。

（本当に人が変わっちゃったみたい……。いったい何があったの……？）

好奇心を押し殺し、夏美は彼の隣に腰を下ろした。緊張を解きほぐそうと、谷間を作った胸を押し当てて密着すると、くちびるを耳に寄せてささやく。

「大畑さんは、いじめるのといじめられるの……どっちが好き？」

ＳＭバーでの定番の質問に、彼は夏美の胸の谷間を凝視しながら「え……？」と返した。

ありがちな反応に、くすりと笑う。

「質問難しい？　じゃあ……大畑さんは、私に何したい？　それとも……何かされたいの？」

小首を傾《かし》げてささやくと、彼がゴクリとツバを飲み込むのがわかった。

「あ、でも……オレには……その……妻が、……」

もごもごと答えようとしたくちびるに、そっと人差し指を置く。

「何でもいいから言ってみて♡　ここに来るお客さんは皆、他では満たせないような欲望を持った人ばっかりよ。だから……何を言っても、あなたを白い目で見る人はいない」

「白い目で……見ない……」

「そう。だから貴方について教えて。さらけだして。何もかも……」

芝居がかった仕草で言い、夏美は手をのばしてステージを指し示した。

深紅のスポットライトの当たったステージ上では、ちょうどショーが始まろうとしている。

ビキニに似た露出の多いボンテージを身につけたM嬢を、同じくボンテージと仮面をつけたS嬢が、麻縄のロープを使って縛っているところだった。

仮面をつけたS嬢は、手際《てぎわ》よくロープをかけていく。ロープが柔肌《やわはだ》に食い込む様子から、どのくらいきつく縛られているのか、見ている側に伝わってくる。ロープが締めつけるたび、縛られているM嬢は恍惚《こうこつ》とした表情を浮かべ、色めいた視線をさまよわせている。

ぽかんと口を開き、食い入るようにショーに見入る大畑にしなだれかかった夏美は、その耳にささやいた。

「ね？　ぜぇんぶ、ここだけのヒ、ミ、ツ、だから……」

そして強い酒に満たされたグラスを次々渡していく。酒が進んだ大畑は飲み方がエスカレートし、夏美にさわる手つきも、次第に遠慮のないものになっていった。

非日常的なショーやアルコールのせいで、彼の理性が少しずつ溶けくずれていくのが手に取るように伝わってくる。

「ふふ……」

すっかり酔っ払っていい気分になった頃合いを見計らい、夏美は彼の手を引いて席を立った。

「来て……。もう我慢できない……」

含み笑いで言うと、大畑はフラフラと大人しくついてくる。

夏美は、ドン、ドン、ドン、と肌を震わせる低音と、赤みを帯びた影のなかを歩き、VIPのためのプライベートルームに向かった。

そこは特別な客が心ゆくまで好きなプレイを楽しめるよう、鞭《むち》や拘束具《こうそくぐ》、玩具《おもちゃ》など、あらゆる小道具をそろえた部屋である。

以前の大畑であれば、片端から試したがっただろう。しかし。

「楽しみましょう?」

誘いかける言葉と共に、ベッドの上に横たわったところ、大畑は小道具には見向きもせずのしかかってきた。何でもこのところ妻との性交渉が絶えているとのことで、彼は単純に夏美を欲しがるだけだった。

(よかった。この程度で……)

単調に、しかし何度もくり返し挑んでくるしつこさと、腐敗した油の臭いには辟易《へきえき》させられたものの、宇相吹のことを思えば何でもない。

自分の使命は、大畑をいい気持ちにさせて帰すことなのだから。

（このくらいならいくらでも役に立つわ。だから――私を認めて、宇相吹さん……！）

実際のところ退屈きわまりない相手ではあったが、夏美は大げさに歓び、何度も絶頂を迎えるフリをして盛り上げた。

（ちゃんと役に立ってみせるから、だから――）

「すごぉおい！　こんなの初めてぇえ！」

風俗嬢時代から鍛えてきた演技にすっかり乗せられた大畑は、ぎこちない腰つきでくり返し欲望を爆発させる。それを受け止めながら、夏美は使命を果たす快感に酔う。

（認めて、宇相吹さん……!!）

我を忘れたセックスに付き合い、どれだけの時間がたったのか……。

大畑がベッドの上に大の字になって横たわり、ようやくひと息ついた時、夏美は「はぁ……」とうっとりした態《てい》で息をついた。

「すごくよかった……。大畑さん、こういうこと初めて？　信じられなぁい♡」

「……あぁ」

狙い通り、大畑にとってもかなり衝撃的な思い出になったようだ。茫然《ぼうぜん》自失《じしつ》の男に抱きつき、夏美はさらにだめ押しとばかり脚を絡めてささやく。

「すっかりハマっちゃいそう」

「え……？」

どぎまぎする男の様子に笑いをかみ殺した。

大畑の身に何があったのか——宇相吹が今はどんな仕事をしているのか、詮索《せんさく》したくてたまらない。

（さて、どうつつこうかしら……？）

そういえば宇相吹は大畑に「ナツミさんは『色々』知っていますから」と言っていた。

（色々って……どういうことだろう？）

大畑をもてなす以外にも、何か期待されているのだろうか？

VIPルームの壁に飾られた卑猥《ひわい》な道具を眺めながら、夏美は頭を働かせ、必死に宇相吹の意図を読み取ろうとする。

自分について知られたくないなら、あんなことは言わないはずだ。にもかかわらずあえて口にしたということは——

（つまり……私が宇相吹さんについて知っていることを、少し大畑に話せってこと……？）

迷いつつも、彼の胸にもたれかかり、さりげなく切り出してみる。

「私……もっと大畑さんとしたいなぁ……。今度は仕事じゃなくプライベートで♡」

「あ……はは……」

口説《くど》き文句に、大畑の視線が泳いだ。

乾いた笑いは今度などないとわかっているかのよう。

その様子を観察しつつ、夏美は「あぁ……」と残念そうにため息をつく。

「でも宇相吹さんが連れてきたってことはぁ、……大畑さんも死んじゃうのかぁ……」

とたん、大畑は露骨にぎくりとした。

「え……どうして……っ」

死ぬという単語への驚きというよりも、なぜ夏美がそれを知っているのか、という反応である。

（つまり自分が死ぬことは知っているのね……）

病気か何かのせいだろうか？　あるいは――

判断がつかないまま、くすくすと笑ってごまかす。

「さぁ、どうしてでしょう～」

「君も……あいつの正体を知っているのか？　つまり、その……」

語尾をぼかした問いに理解した。

彼は宇相吹が殺し屋だということを知っているのだ。

「聞いたわ。……あの人からは逃れられないんでしょ? ターゲットは必ず死ぬんだって……」

含みを持たせて話すと、大畑はぼう然とした面持《おもも》ちでこちらを見つめてくる。

その目は、はっきりとした恐怖を宿していた。自らの死に納得しきれない顔。助かりたいと切望している顔――

それを目にして、宇相吹の狙いを悟る。

どんな人間の行動も先の先まで読んでしまう洞察力を持った彼が、大畑のこの本音に気づいていないとは思えない。

ということは、夏美はその方法を伝えればいいのだ。

物問いたげな視線を受け、焦らすそぶりでゆっくりとベッドを下りる。大きくのびをしながら、夏美は何気ない口調でつぶやいた。

「でもひとつだけ、殺しを止める方法があるらしくて……」

「そんなことが……?」

「依頼人が死んじゃったら、キャンセルになるんだってさ♪」

こわ〜い、とふざけてふり向いた、まさにそのとき。

大畑の携帯電話が着信音を響かせた。

「!!」

傍目《はため》にもわかるほど大きく震え、大畑は驚愕《きょうがく》に目を見開いて自分の携帯電話を眺める。

夏美は自分が為すべきことを為したと確信した。

(やったわ、宇相吹さん……!)

彼は悪魔のような人間だ。夏美も、大畑も、この状況も——すべてを支配しているのは、この場にいない彼に他ならない。

「————……!」

電話の相手に心当たりでもあるのだろうか。

真っ青になった大畑は、慌てた様子で服を着ると、携帯電話を手に取って部屋を飛び出していく。

(終わった……)

一人取り残された夏美はベッドに腰を下ろした。

期待された役割は果たした。そんな安堵《あんど》感に脱力しながら、そのままベッドに横たわる。

(これで、宇相吹さんにも認めてもらえるはず。きっと……)

しかしシーツに残る大畑の臭《にお》いが鼻をつき、吐き気がこみ上げてきた。

舌打ちをしたい気分で寝返りをうったとき、手のひらにぬちゃっとした感触がふれる。

「うわ……っ」

思わずうめいたのは、その正体に気づいたため。

きちんと始末せず、そのへんに放り出されていた使用済みの避妊具《ひにんぐ》の上に手を置いてしまったのだ。

先ほどの行為の最中に吐き出された、大畑の穢《けが》らわしい体液が、手のひらにべっとりと広がり、シーツにしたたり落ちる。

洗面所で手を洗おうと、億劫《おっくう》な気分で身を起こし——自分の手をきちんと目にした瞬間、ドクン！　と夏美の心臓が大きく鳴った。

（……手を見ると、べっとり汚れていた——）


………………何だろう………………………………


意識の彼方《かなた》から、何か「恐ろしいもの」が、津波のように勢いよく、音を立てて押し寄せてくる。

「……いや……」

震える声は、轟音《ごうおん》と共に襲いかかってきた記憶の大波に呑《の》み込まれた。
目の前が真っ白になる。

あつい……なつ。わたしはいえにひとり。おかあさんはおつかい。そこにとつぜんおとうさんがきた。きょうはおかあさんがいないのに。わたしはこわくて、せいざをしてじっとしていた。おとうさんはあついといってふくをぬいだ。おまえもぬげ。わたしはいやだといったけど、おとうさんはこわいかおでにらむから、しかたなくぬいだ。おとうさんのおちんちんが……すごく……おおきくなっていて……わたしはこわくてめをつぶった。おとうさんはわたしのてをつかむと、なにかをにぎらせて、じょうげにうごかしはじめた。わたしはちがうことをかんがえようと、おぼえはじめたくくをあたまのなかでなんどもくりかえした。うごきがとまって、おとうさんはどこかへいっちゃった。てをみると、べっとりよごれてた…………………

ドン！　と身体《からだ》が震えた。

精神的な衝撃でもあり、いつの間にかベッドから落ちていた、物理的な衝撃でもあった。

「わ……わたし……は……」

紫に塗った夏美のくちびるから、子供みたいに頼りない、か細い声がこぼれる。

てをみると、べっとりよごれてた。

手を見ると、べっとりと汚れていた。穢らわしい、あいつの体液で……！

自分の手はべっとりと汚れていた。穢らわしい、あいつの体液で……！

「私は……っ」

ぼんやりとしたきり何も考えられないまま、手のひらを見つめ続ける。

(私は私生児だった……)

固く閉ざされていた記憶の扉が、少しずつ開かれていく。

(本当の名前は……辻元紗理奈《つじもとさりな》……)

母は当時交際していた大畑の子供——紗理奈《わたし》を生んだが、ちょうどその頃大畑には、会社の重役の娘との間に縁談が持ち上がっていたため、結婚も認知もしてもらえなかった。

結局重役の娘と結婚したにもかかわらず、大畑は都合よく私たちのもとにも通い続けた。

愛人となった母を好き放題凌辱《りょうじょく》し、それだけでは飽き足らず、実の娘の私にも性的虐待《ぎゃくたい》を繰り返した。

それに気づいた母は私を連れて大畑から逃げたが、金に困り私を施設に預けた。そして働いてお金を貯め、母子で暮らす準備をしたら必ず迎えに来ると約束し、去っていった。

だが、それきり迎えに来ることはなく――紗理奈は十八歳になり、施設から独り立ちしなければならない日を迎えた。

だが、それは簡単なことではなかった。

高卒で働ける求人は限られており、ようやく見つけた職場では、セクハラとパワハラがまかり通っていた。保護者のいない紗理奈などはいい餌食《えじき》だ。

心を病んで仕事を辞め、そのままずるずると悪い仲間とつるむようになり――そして一度だけ、断りきれずドラッグに手を出した。

記憶はそこで途切れる。

気がついたら自分は東京にいた。

ぼんやりと街をさまようちにスカウトを受けて風俗の店に行き、そのまま働き始めた。

夏美という名前は、店長と面接をした時の思いつきだ。

高校の時に両親とケンカをして家を飛び出したというのも、面接で質問を受けた時にとっさに考えたストーリーだったが、「きっとそうにちがいない」という勝手な思い込みによって、本物の記憶として自分のなかに定着した。

それより過去のことについては……無意識という名の、強固な扉によって封じられていたために、これまで思い出すことがなかった。

思い出そうとするたび、無意識が邪魔をした。

（ようやくわかった……）

自分について考えようとするたびに立ちはだかった、正体のわからない「何か」。

それはこの無意識の扉だったのだ――

容赦《ようしゃ》のない波濤《はとう》に呑み込まれていた意識が、少しずつ回復してくる。

「解離性遁走《かいりせいとんそう》……」

どこかで宇相吹の声がした。

いったいどれだけの間、ベッドでぼう然としていたのだろう？

気がつくと、ベッドの傍《かたわ》らに宇相吹がいた。

ぼさぼさな黒髪の奥から、赤い瞳が冷ややかに見下ろしてくる。

「解離性遁走とは、突発性の記憶障害の一種で、自分に関わるすべての記憶を事故などの外的要因のせいで失い、そのままどこかへと放浪していってしまう記憶喪失の形態のことです。貴女《あなた》はおそらく薬物の影響で記憶障害を起こしたのでしょうね……」

軽やかな口調で並べられた事実に愕然とする。

「……あなた、……知ってたの？」

「ええ、まぁ……」

「大畑が……あの男が……私の実の父親……？」

夏美は、体液にべっとりと汚れた己の手のひらを持ち上げ、じっと見つめた。

「そんな……じゃあ私は……」

今の今まで大畑を相手にベッドの上で「仕事」をしていた。

いつものことだ。相手がちがえど、やることは変わらない。でも今日はいつもと少しだけちがった。宇相吹が来たから……彼が、大畑をもてなせと言ったから。

宇相吹に喜んでもらいたくて。期待に応えたくて。夏美は――

（わたしは……血のつながった父親と……！）

「いやぁぁぁぁぁ!!!!」

夏美は叫ぶ声とともに洗面所に駆け込んだ。

洗面台にすがりつき、蛇口《じゃぐち》をひねって手のひらをこする。

気がふれたようにこすり続ける。

同時に喉元《のどもと》までせり上がってきた吐き気のままに嘔吐《おうと》した。

吐くものがなくなっても吐き続ける。

コツコツと靴音《くつおと》を響かせ、洗面所の入口に宇相吹がやってくる。

「あなた達母娘に逃げられた後、大畑さんの派手な遊興癖《ぐせ》が始まりました……」

あげく不倫《ふりん》をくり返し、せっかく結婚した妻をさんざん泣かせた。

そして二年前――

「そう。まさにこのベラドンナから飲酒運転で帰宅する途中、彼は大きな交通事故を起こしたのです」

「え……？」

蛇口の水を流しながら、夏美はぽつりとつぶやく。

思い当たることがあったのだ。

二年前。最後に大畑がこの店に来たとき、送り出したのは夏美だった。

したたかに酔わせたためタクシーを呼んでおいたのだが、後で別の女の子から、大畑は自分の車を運転して帰ったと聞いた。

「その事故の後遺症で、彼は定年退職後に徐々に記憶を失い始めたのです。そして半年前――記憶が消えていくことを認識した彼は、僕に依頼をしてきました。『もしすべてを忘れてしまったら、いっそ自分を殺してほしい』と……」

宇相吹はこの店で大畑を遊ばせることで、彼の記憶が甦《よみがえ》るかを試したのだという。

だがムダだった。夏美を抱くことに夢中になるだけで、大畑は何も思い出さなかった。

「先ほど……彼を殺しました。おもちゃの鉄砲でね」

そのため宇相吹は淡々と言った。

「彼は幸せだ。今の奥さんは、さんざん迷惑をかけられたにもかかわらず、彼をずっと愛していたようです。彼は愛されて死んだんです。もちろん、奥さんは彼が貴女を虐待していた鬼畜だった過去は一切知らない……」

赤い目が、ゆらりと夏美に向けられた。

「どうしますか？　教えに行きましょうか？」

興味を隠しもしない目は、まるで実験動物でも見るかのよう。

いつでもこの目で見られていた――夏美はようやく気がついた。

好意を持ってもらいたい。彼の役に立つ人間として、特別でありたい。そんな思い込みから、自分は他の人間とはちがうと思っていたけれど。

この男にとって夏美は、これまでも、今も、その他大勢と同じ程度の存在でしかない。

そして訊ねてくるのだ。

夏美は自分の復讐心を満たすためだけに、なんの罪もない大畑の妻を苦しめるのか。それともただ搾取《さくしゅ》されるばかりで、一矢《いっし》も報いることなく加害者の前から去るのか。

「なんで……？　どうして私に……あいつの相手なんかさせたの……？」

裏切られた気分だった。だがそんなふうに感じるのはおかしい。

宇相吹は悪魔。悪魔に裏切りも正直もあるわけがないのに。

彼はフ……、と笑った。

「なんでって、貴女が僕に望んだんでしょう？　『自分のすべてを知りたい』と。あなたがそう言い出す前から、僕は大畑さんをさりげなくこの店に連れてきたりと、貴女の記憶を回復させるヒントを与えていたつもりだった。他にも、ハルコさんに協力してもらったりね……」

「ハルコさんに？」

意味がわからない。

ハルコと一緒に働いていた時のことを必死に思いだすが、それでもわからなかった。

次第に頭が痛み始め、ぬれた両手で後頭部を抱える。

そんな夏美を見下ろし、宇相吹は抑揚《よくよう》のない口調で続けた。

「それでも昔のことをまったく思い出さないようだったから、荒療治《あらりょうじ》が必要だと思ったのです。とはいえ僕は、貴女が大畑さんと性交を行うとまでは思っていませんでしたがね……」

おぞましい事実を突きつけられ、夏美はビクリと身体《からだ》を震わせる。

（そんな……っ）

自分は彼の意図を読みまちがえたというのか。

過剰《かじょう》なサービスなどせず、単に酒を飲ませて、宇相吹の仕事について吹き込めばよかったのか。

（だってそんなの……！）

そんなことでは足りないと思ったのだ。

彼の信頼を得るためには――彼の特別な人間になるには、もっともっと大きな成果が求められるはずだと。

（――でも……）

そもそも彼は夏美に、特別な人間になることなど求めていなかったのかもしれない。

ただちょっと手伝えば、それでよかったのかも。

自らの思いちがいにようやく気づく。

（そんな……！　そんな、そんな、そんな……っ）

頭を抱えたままうずくまる。しかし彼の声から逃れることはできなかった。

「貴女のその『誰かに認められたい』という衝動……それは貴女の過去が原因です。父からも母からも……誰からも愛されることのなかった自分、それを埋めるために貴女は他人からの承認を求めた……」

追い打ちをかける言葉にも反応できない。

まとめて襲いかかってきたショックのあまり、タイルの床に座り込んだまま放心状態になる。ぼんやりと虚空を眺めるうち、瞳から涙があふれた。

「―――……っ」

自分の意志とは関係なく流れ出した涙は、ぽたぽたと床のタイルにしたたり落ちる。

「やれやれ……だから言ったじゃないですか。何でも知ればいいもんじゃないって」

(そんなのわかってた……)

他人のことに関しては、いつしかそう思うようになっていた。

でも自分については――

(だって私には欠けたものがあると……気づいてしまったんだもの……)

それさえ取り戻せば、今より幸せになれる気がしていた。……まさかこんな結果になるとは思いもしなかったのだ。

「自分を知ること……相手を知ること……それも大切なことなのかもしれませんが、知らないからこそ幸せでいられることも沢山《たくさん》ある。貴女にはさんざんそんな現実を見せたはずなのに……」

なおも追い詰めてくる声に、夏美は頭を抱えたまま首を振った。

「もう……もう、いいから……わかったから……」

自分には幸せになるためにすがれるものなど何もないのだ。

あがいて、努力して、手を汚したところで滑稽《こっけい》なだけ。

どこまでいっても、自分は親にすら愛されなかった子供で、身体を売って生きてきた穢《けが》れた女。おまけに近親相姦《きんしんそうかん》の愚《ぐ》まで犯して。

(それが私……)

今さら他の何者かになることなどできやしないのだ。

「私がバカなことはもうよくわかったから……！」

「夏美さん？」

「……いいからもうほっといて……!!」

絶望を叫びに変えて、夏美は声を張り上げた。

うずくまり、タイルの床に爪をたてて慟哭《どうこく》しながら泣き伏す。

宇相吹は、そんな夏美の目の前に片膝をついた。

「……記憶が戻ったなら……もう思い出しているでしょう？　七年前……貴女が薬で記憶を失う直前、十八歳の貴女はわざわざ東京まで出向いて、電話ボックスの殺し屋であるこの僕にメッセージを残した。そう……貴女は当時僕に会っているんです。そして……僕に依頼をした……」

「……………」

夏美は泣きぬれた瞳を見開く。

記憶をたどり、宇相吹の言う『依頼』を思い起こして、頭がぐらぐらと揺れるのを感じた。

もう七年前のことだ。

あの時、自分はまだ子供だった。何も知らなかった。今はそんなこと望んでいない……。

絶望のあまり言葉を失う夏美を、宇相吹はくちびるの両端を持ち上げる、あの歪んだ微笑を浮かべて見下ろしてくる。

「……さぁ……どうしますか……？　ナツミさん……」

いっそ優しい声音《こわね》で訊ねてくる。

夏美にとって紛《まぎ》れもない——それは悪魔のほほ笑みだった。

終章

住宅街の少し奥——山を背にした古い病院の院内は、その日も外来の患者の姿がぽつぽつ目につく程度だった。

高齢の入院患者が主であるためか、普段から人で混み合うということはない。

テレビの置かれた待合室には、つけっぱなしのバラエティ番組の音が低く響いている。

水色のつなぎを着た初老の女が、時折その場にいる人と挨拶《あいさつ》を交わしながら、リノリウムの床をモップで掃除《そうじ》していた。

宇相吹《うそぶき》はゆっくりと歩いてその女の前に立つ。

「……なにか？」

やや警戒をこめて顔を上げた女に向け、穏やかにほほ笑んだ。

「探しているんですってね、ずっと。……娘さんを……」

その言葉に、女はますます警戒を深めたようだった。

「そんな話、誰に聞きました……？」

心の奥底に今も残る凝《しこ》りについて、彼女が普段口にすることはない。彼女にとって、打ち明けるには重い過去なのだろう。

話したのは、これまでにたった一人——

そこで、彼女は何かを思いついたように「あ……」とつぶやく。

「いやだ～！　もしかしてナツミちゃんの友達？　そうそう、あの子にだけ話したんだわ」

彼女は一転して人なつこい笑みを浮かべた。

「あの子とは不思議と気が合ってねぇ、なんだか他人な気がしなくて。それに名前が一緒なのよ。私も『夏美』なの！」

「なるほど……」

宇相吹はうなずいた。

「自分の名前も忘れた彼女が、唯一覚えていた名前……というわけか……」

施設に預けられた幼い娘は母親が迎えに来る日を待っていた。

何年もの間、ずっとずっと待ち続けた。

そして五年前、十八歳になって施設を追い出された末に、まだあどけなさの残る顔を恨みに歪めて叫んだのだ。

『あたしを迎えに来るって約束したくせに……結局来てくれなかった!!』

大きな瞳に失望と憤怒《ふんぬ》と涙を湛《たた》えて。

『辻元夏美《つじもとなつみ》……その名前の女を探し出して……殺して……!!!!』

あの時の彼女は美しかった──

過去に思いを馳《は》せる宇相吹を振り仰《あお》ぎ、目の前の初老の女は無邪気に訊ねてくる。

「ナツミちゃんは元気かい？」

「さぁ……知らないほうがいいこともある……」

ベラドンナで最後に会ったナツミは選択した。

宇相吹としてはそれを尊重するのみ。

「……さようなら……夏美さん……」


病院の廊下《ろうか》をのんびりと歩いて出口に向かった宇相吹は、外に出たとたん、瞳をさす日光に赤い目を眇《すが》める。

前を見れば、好天に恵まれた今日、敷地内の花壇《かだん》ではたくさんの植物が美しい花をつけていた。

世界はこんなにも明るいのに。自ら進んで暗いほうへと向かう者の、なんと多いことか。

「……愚かだね……人間は……」

ぽつりとこぼれたつぶやきを、風に運ばれた花の香りが優しく包みこんだ。

※この作品はフィクションです。実在の人物・団体・事件などにはいっさい関係ありません。

集英社オレンジ文庫をお買い上げいただき、ありがとうございます。
ご意見・ご感想をお待ちしております。

● あて先
〒101-8050　東京都千代田区一ツ橋2-5-10
集英社オレンジ文庫編集部 気付
ひずき優先生／宮月　新先生／神崎裕也先生

小説
不能犯　墜ちる女

集英社
オレンジ文庫

2019年1月23日　第1刷発行

著　者　ひずき優
原作・小説原案　宮月　新
漫　画　神崎裕也
発行者　北畠輝幸
発行所　株式会社集英社
〒101-8050東京都千代田区一ツ橋2-5-10
電話【編集部】03-3230-6352
【読者係】03-3230-6080
【販売部】03-3230-6393（書店専用）
印刷所　凸版印刷株式会社

※定価はカバーに表示してあります

ISBN 978-4-08-680236-9 C0193

惨劇の原点はここに……。
立証不能スリラー・エンターテイメントコミック
不能犯
mpossibility defense
原作·宮月 新
漫画·神崎裕也
第1巻〜第8巻
絶賛発売中—!!
B6判 定価:各562円+税(電子は値段が異なります。)